Charmed

W0285562

LE BAISER DES TÉNÈBRES

Dans la même collection

Charmed

1. Le pouvoir des trois
2. Le baiser des ténèbres
3. Le sortilège écarlate
4. Quand le passé revient
5. Rituel vaudou
6. Menaces de mort
7. Le violon ensorcelé
8. Le secret des druides
9. La fiancée de Nikos
10. La statuette maléfique
11. La sorcière perdue
12. La ceinture sacrée
13. Le jardin du Mal
14. Démons sur le net

Charmed

Le baiser des ténèbres

Un roman original de Brandon Alexander,
d'après la série télévisée « Charmed »
créée par Constance M. Burge

Édition Jeunesse

POCKET
jeunesse

Titre original :
Kiss of Darkness

Série proposée par Patrice DUVIC

Traduit de l'américain
par Dominique Carton
et adapté pour l'édition jeunesse
par Shaïne Cassim

Loi n° 49-956 du 16 juillet 1949 sur les publications destinées à la jeunesse : novembre 2001.

ISBN 2-266-11521-9

Composition : Francisco *Compo* – 61290 Longny-au-Perche
Imprimé en France sur Presse offset par Brodard et Taupin
26743 – La Flèche (Sarthe), le 27-10-2004
Dépôt légal : novembre 2001
Suite du premier tirage : novembre 2004

MORTELLE PRÉDICTION

La diseuse de bonne aventure se dirigea vers la table de Prue, Piper et Phoebe.

— Je m'appelle Elena. Voulez-vous que je vous prédise l'avenir ? proposa-t-elle avec un sourire entendu.

On va bien rire, pensa Prue tandis qu'Elena dévoilait la première carte.

Soudain la main de la femme se mit à trembler. Prue vit que l'inconnue était blanche comme un linge.

— Qu'y a-t-il ? demanda Prue en frissonnant malgré elle.

— Je n'ai jamais tiré cette carte. Ça ne m'est jamais arrivé jusqu'à aujourd'hui, bafouilla Elena.

Elle la posa sur la table : la carte représentait une tour noire en ruine frappée par la foudre.

— Qu'est-ce que cela veut dire ? demanda Prue.

Elena tremblait maintenant de la tête aux pieds.

— C'est la carte la plus puissante du jeu, murmura-t-elle. Elle signifie que les ténèbres vont vous entourer.

CHAPITRE PREMIER

— Je n'en reviens toujours pas : l'année a passé tellement vite ! lança Prue à ses deux jeunes sœurs.

Le trio déjeunait au *Railyard Café*, un restaurant situé tout près du bureau de l'aînée des Halliwell.

— Vous imaginez ? Demain c'est déjà le Jour de l'An ! reprit la jeune femme. Comment diable est-ce possible ?

Piper s'éclaircit la voix avant de répondre :

— L'année écoulée a été si... intense, si vous voyez ce que je veux dire.

— Ne m'en parle pas, répliqua Phoebe.

Prue sirotait son thé glacé.

Elles ont raison, pensa-t-elle. *Cette année a vraiment été celle de tous les changements : Grand-mère a disparu et nous a légué le Manoir Halliwell, la maison de notre enfance. Piper et moi, nous nous y sommes installées et Phoebe a quitté New York pour nous y rejoindre.*

Mais là n'était pas le plus grand changement de leur vie. C'était plutôt la découverte que Phoebe avait faite dans le grenier.

Elle y a trouvé Le Livre des Ombres, *un ancien manuel de magie. Puis elle y a lu une formule qui a éveillé en nous des pouvoirs que nous ignorions,* songea Prue. *Nous avons alors compris que nous n'étions pas comme les autres. Nous sommes les sorcières les plus puissantes du monde. Notre destin est de protéger les innocents et de lutter contre toutes les forces du mal : sorciers et démons.*

Prue inspira profondément. Pas facile à assumer !

Tout en rajustant sa queue de cheval, elle déclara à ses sœurs :

— Pourvu que l'année qui s'annonce soit un peu plus tranquille !

— Parle pour toi, rétorqua Phoebe, moi, j'ai besoin d'un peu d'action. Et pour l'instant, ça commence mal !

— Qu'est-ce que tu veux dire exactement, Phoebe ? demanda Piper.

— C'est le Jour de l'An et je n'ai même pas de cavalier !

Elle posa son menton dans le creux de sa main en adressant un regard morne à ses sœurs. Piper lissa ses longs cheveux noirs et haussa les épaules.

— Et alors ? Moi non plus ! Ce n'est pas la fin du monde.

— Pas pour toi, non. Après tout, tu diriges le restaurant le plus branché de San Francisco où va se dérouler une super-soirée ! Tu seras tellement occupée ce soir au *Quake* que tu n'auras pas une minute pour te lamenter sur ton sort de célibataire.

— Oh si, fais-moi confiance. J'y penserai ! répliqua Piper.

Prue dégustait son saumon grillé.

— Tu as raison, Phoebe, reconnut-elle, nous n'avons pas eu beaucoup de compagnie ces derniers temps. Mais au moins on peut se concentrer sur d'autres choses, nos carrières, par exemple. C'est plutôt une bonne chose, je trouve.

Phoebe éclata de rire.

— Toi, tu es vraiment spéciale !

— Moi ? (Prue haussa les sourcils.) Au cas où tu ne l'aurais pas remarqué, depuis que tu as découvert *Le Livre des Ombres*, beaucoup de choses sont devenues très spéciales dans notre vie !

— Allez, s'écria Phoebe, c'était un compliment ! Combien de filles connais-tu, capables de déplacer les objets rien que par la force de leur esprit ?

— Voilà justement mon problème, répliqua Prue. Comment avoir une relation avec un type quand on est… (elle jeta un regard alentour dans le restaurant bondé, puis se pencha vers ses sœurs)… une sorcière !

Phoebe eut l'air stupéfait.

— Tu ne vas quand même pas te mettre au tricot ! En tout cas, moi, je n'ai pas envie de finir vieille fille !

Pourtant, les trois sœurs Halliwell étaient vraiment jolies avec leurs grands yeux et leurs beaux cheveux soyeux. Prue se retenait pour ne pas éclater de rire.

— Phoebe ! Tu n'as que vingt-deux ans ! Qui oserait te traiter de vieille fille ?

— Tu sais très bien ce que je veux dire, Prue. Quel intérêt d'avoir des pouvoirs si on ne peut même pas obtenir un rendez-vous pour la soirée du Nouvel An ?

— Tu marques un point ! admit Piper. Mais tu connais la règle : interdiction d'utiliser nos pouvoirs pour arranger nos petites affaires personnelles. On ne peut en faire usage que pour...

— ... pour protéger les innocents, je sais, je sais, termina Phoebe. Si seulement, poursuivit-elle d'un air rêveur, j'avais une vision de moi avec un prince charmant scandaleusement beau, m'embrassant langoureusement aux douze coups de minuit !

Elle regarda Piper avec espoir.

— Tu sais, le batteur des Night Owls est supersexy. Tu as vraiment eu de la chance de décrocher ce groupe pour la fête de ce soir. Ils vont bientôt devenir célèbres.

Prue leva les yeux, intriguée par l'assurance de sa sœur.

— Tu as eu une prémonition à leur sujet ? demanda-t-elle.

Phoebe leva les yeux au ciel.

— Tu es incroyable ! Je sais des choses sans faire appel à mes pouvoirs, figure-toi ! Comme de reconnaître le talent quand je l'entends ! En plus, ces gars-là sont vraiment mignons. Et le batteur en particulier.

— J'espère que tu seras là ce soir, Prue, dit Piper. Je n'aimerais pas passer le Nouvel An sans toi.

— Ne t'en fais pas. Je viendrai, la rassura sa sœur. Mais avant, il faudra juste que je passe à la soirée de Lloyd Claiborne.

— Quelle corvée ! se moqua Phoebe. Aller à une fête dans une des plus belles villas de Pacific Heights, avec tous ces gens riches et célèbres…

— Lloyd Claiborne fait partie de nos plus gros clients, l'interrompit Prue, c'est un collectionneur très en vue à San Francisco. Il a invité les commissaires-priseurs de l'entreprise. Ma patronne, Claire, a insisté pour que nous y soyons tous. Elle ne veut pas qu'il se vexe.

— Comment sera le buffet ? Style super-classe, j'imagine ?

— Giovanni s'occupe de tout, répondit Prue.

— Oh ! Le traiteur le plus sélect de la ville.

— J'aurais bien aimé que vous puissiez m'accompagner toutes les deux, soupira Prue. Ce n'est pas très drôle d'aller seule à une soirée.

— Mais tu nous rejoins ensuite au *Quake*, hein ? insista Piper.

— Sûrement pas avant minuit, mais je te promets que je passerai.

— Oh, Piper ! murmura Phoebe, en regardant par-dessus l'épaule de Prue, il faut absolument que ce type vienne à la soirée. Tu as un carton d'invitation ?

Prue se retourna. Sa respiration s'accéléra lorsqu'elle repéra l'inconnu en question. Un grand brun aux yeux bleus magnétiques s'approchait de leur table.

— Ne l'invite pas, supplia Prue à voix basse.

— Tu plaisantes ? Il est super, lâcha Piper.

— Je t'en prie, non !

L'homme s'arrêta à leur hauteur :

— Bonjour, Prue. Cela fait une éternité qu'on ne s'est pas vus. J'ai pensé à vous, dit-il en lui baisant la main.

Le charmant accent français de cet homme la chavirait malgré elle.

— Cela ne fait pas si longtemps, observa-t-elle en retirant ses doigts.

— Deux cent quatre-vingt-cinq nuits, affirma-t-il calmement.

— Vous avez compté ? s'étonna-t-elle.

— J'essayais juste de vous impressionner. Vous serez à la fête que donne Claiborne ce soir ?

— Oui, je compte y aller.

Il inclina légèrement la tête :

— Dans ce cas, rendez-vous à minuit.

— À minuit, répéta Prue.

Il faisait allusion au baiser qu'elle lui refusait depuis longtemps. Mais un baiser pouvait mener loin, et elle n'y était décidément pas prête.

— Je n'embrasse pas les hommes que je connais à peine. Même pour respecter la tradition des vœux de bonne année qui veut qu'on embrasse quelqu'un à minuit, l'avertit-elle.

— Dommage.

L'homme ne paraissait pas le moins du monde découragé. En réalité, il avait plutôt l'air de se prendre au jeu.

— Peut-être aurons-nous au moins l'occasion de discuter. À plus tard, alors. Au revoir, Prue.

Elle poussa un soupir de soulagement en le voyant s'éloigner. Cela aurait été tellement plus simple de l'inviter à venir avec elle à cette soirée.

— Qui était-ce ? interrogea Piper.

— Robert Gaillard, expliqua Prue. Un antiquaire parisien qui passe deux mois à San Francisco. On s'est rencontrés l'an dernier.

— Pourquoi as-tu été aussi glaciale avec lui ? demanda Phoebe.

— Phoebe ! C'est *moi* qui possède le pouvoir de geler le temps, tu te souviens ? gloussa Piper. Qu'est-ce qui t'a pris, Prue ?

— Ah ! Ah ! Vraiment très nulle, ta blague, grommela l'intéressée.

— Ne change pas de sujet, continua Phoebe, Robert est superbe, il a un accent français sexy, il s'occupe d'antiquités, ce que toi tu fais toute la journée aussi. Tu as été super-froide avec lui ! Pourquoi ?

Prue soupira en se remémorant sa rencontre avec Robert l'hiver précédent. Ils avaient flirté, discuté de bijouterie française du XVIIIe siècle et de vases

Ming. Ils étaient même allés ensemble à une exposition. Elle avait cru qu'il l'inviterait à sortir avec lui, mais il était rentré à Paris sans même lui proposer un café.

Le voilà de retour dans ma vie! pensa Prue. *On dirait qu'il est prêt à s'engager cette fois. Sauf que mon univers a dramatiquement changé depuis notre rencontre.*

— Je n'ai pas été glaciale avec lui, expliqua-t-elle à ses sœurs. Je ne veux pas qu'il se fasse des idées, point à la ligne. Vous comprenez, je crois que je l'intéresse et...

— Tu crois?! l'interrompit Piper. Ça crève les yeux que tu lui plais.

— Et il n'était pas non plus obligé de te baiser la main, surenchérit Phoebe en battant des cils. C'était si mignon!

— Je sais qu'il est élégant et charmant, mais après l'expérience de Piper...

— Tu penses que c'est un sorcier? demanda celle-ci en tressaillant.

Prue savait que sa sœur ne s'était jamais vraiment remise de sa liaison avec Jeremy Burns. Elle avait été folle de lui jusqu'au moment où elle avait découvert qu'il était en réalité un sorcier qui voulait leur mort.

— On ne sait jamais, répondit Prue en sirotant son thé glacé. Mais je suis certaine d'une chose: nous ne maîtrisons pas encore les pouvoirs que nous possédons. Tant que je ne serai pas totalement à l'aise, j'éviterai de m'attacher à quelqu'un. Je préfère me concentrer sur ma carrière.

— Sans blague ? répliqua Phoebe. Cataloguer de vieilles reliques sentant le moisi ! Tu ne trouves pas plus drôle de sortir avec un superbe Français ?

— J'ai peur d'être amoureuse. Et puis on souffre quand ça ne marche pas, affirma Prue d'une voix calme. Imagine le moment où le type avec lequel je suis découvre que je suis une sorcière ! Dans une relation, il faut être honnête, ne pas avoir de secrets l'un pour l'autre. Alors, pour l'instant, m'occuper d'antiquités me paraît plus simple — et beaucoup plus sûr.

Piper adressa à Prue un sourire entendu.

— Je te comprends, tu sais. Mais un jour, il faudra que nous tentions chacune notre chance.

— Peut-être qu'elle peut nous dire quand, reprit Phoebe en désignant une jeune femme en grande conversation avec un couple à une table toute proche.

Prue jeta un œil à l'inconnue. La femme en question portait une jupe en patchwork colorée. Ses cheveux roux flamboyant s'étalaient sur ses épaules recouvertes d'un immense châle multicolore. Enroulé tout autour de son corps, il était retenu à la taille par une large ceinture.

Elle portait des bagues en argent serties de grosses pierres et de lourds bracelets. Prue s'y connaissait suffisamment en objets anciens pour en être sûre : les bijoux étaient d'époque.

La jeune femme étala ses cartes sur une table occupée par un jeune couple.

— Elle tire les tarots, murmura Piper.

— Tu devrais essayer, Prue. Pour décider s'il vaut mieux te concentrer sur ta carrière ou sur Robert, la taquina Phoebe.

— Je n'ai besoin de personne pour savoir ce que j'ai à faire !

— Et si on lui demandait pour nous toutes ? suggéra Phoebe. Quel meilleur moment que le dernier jour de l'année pour découvrir ce que le futur nous réserve ?

— Arrête un peu ! Les tarots ! Quelle arnaque ! s'exclama Prue. Elle va te prédire quelque chose de vague. Si ce quelque chose t'arrive, tu te diras alors : « Oh ! Les cartes me l'avaient révélé ! »

— C'est comme avec les sorcières ! Elles n'existent pas, sauf dans les contes de fées ! se moqua Phoebe. Allez, essayons ! Juste pour s'amuser. Tu n'es pas obligée d'y croire.

— Je refuse, persista Prue, mal à l'aise.

Elle n'avait aucune envie qu'on lui prédise son avenir. Elle n'avait jamais envié à sa sœur son don de voyance.

— Allez, Prue, on essaie, la pressa Piper.

— S'il te plaît, tu veux bien ? insista Phoebe, tout sourires.

— D'accord, céda l'aînée des Halliwell.

La jeune femme qui tirait les tarots se leva de table en prenant ses cartes ; son regard s'arrêta net sur Prue. Celle-ci sentit un frisson glacé lui parcourir le dos. Sa réaction n'avait aucun sens. Cette femme ne lui faisait pas peur.

D'un air entendu, l'inconnue s'approcha de leur table.

— Je m'appelle Elena. Vous voulez que je vous prédise l'avenir avec mes cartes ? Pour cinq dollars chacune seulement.

Prue se mit à fouiller dans son sac.

— C'était mon idée. Je paye, l'arrêta Phoebe.

— Avec quoi ? rétorqua Prue.

Sa sœur ne savait pas quoi faire de sa vie… et n'avait jamais d'argent sur elle.

Phoebe fit la grimace :

— Exact. J'ai oublié mon sac.

— Stop ! C'est moi qui paie, trancha Piper.

Elle tendit quinze dollars à Elena, qui disparurent dans son châle : nul doute que s'y dissimulait une poche secrète.

— Je commence par celle qui a payé, annonça Elena.

Elle étala les cartes de tarot sur la table, devant Piper. Elles formaient un genre de croix. Prue avait déjà vu des jeux de tarot. Certains, assez anciens, venus d'Europe, passaient de temps en temps en salle des ventes. Et celui-ci était bien d'époque : les couleurs des dessins étaient affadies, les coins des cartes fendillés et usés. Certaines figures lui semblaient familières : un bouffon de cour ou encore un fou, un roi, un vieil homme barbu, mais la plupart lui étaient inconnues.

— D'où vient ce jeu ? demanda Prue, pleine de curiosité.

— Oh, ce ne sont que des cartes qui révèlent l'avenir, répondit Elena d'un air détaché.

— Ce n'est pas ce que je demandais. Je travaille dans le domaine des antiquités, l'histoire des jeux me passionne, précisa Prue.

— Ces cartes sont très anciennes, reprit Elena en les étalant lentement devant Piper. Elles sont dans ma famille depuis des générations et ont été transmises de mère en fille.

— Sur combien de générations ? questionna Prue encore plus intriguée.

— Trop nombreuses pour qu'on les comptabilise.

Prue surprit le sourire d'Elena lorsqu'elle tira la dernière carte de Piper.

— Ah, déclara-t-elle. Votre vie est en train de changer. Bientôt, très bientôt, de nombreux hommes vont vous remarquer.

— À vous. Êtes-vous prête ? demanda-t-elle à Phoebe.

— Plus que jamais, affirma celle-ci.

Prue se pencha pendant qu'Elena préparait le jeu pour Phoebe. Bien que les cartes fussent abîmées, elles étaient très belles : bordées d'or et d'argent et illustrées de mille détails. Elle essaya de mémoriser le dessin du pourtour des cartes. Peut-être trouverait-elle à son bureau des renseignements sur ce jeu si particulier…

— De quel pays vient ce jeu ? questionna-t-elle.

— De quelque part en France, répondit Elena, sans quitter la table des yeux. J'ai toujours entendu dire dans ma famille qu'un de nos ancêtres qui pratiquait les Arts des Ténèbres avait créé ces cartes. Il enseigna à sa fille l'art de les déchiffrer, et ce savoir fut transmis à travers les âges.

Phoebe pâlit légèrement.

— Les Arts des Ténèbres ? On ne plaisante pas avec ça.

— Les cartes en soi ne sont ni bonnes ni mauvaises. Ce qui compte ce sont les intentions de celui qui les lit, affirma Elena

— Et vos intentions sont... ? demanda Piper.

— ... de vous distraire et de gagner ma vie, enchaîna Elena d'un ton doucereux.

Elle sourit à Phoebe :

— Vous allez avoir beaucoup d'argent.

— Pile ce que j'avais envie d'entendre ! fit Phoebe, radieuse.

Quelle coïncidence ! pensa Prue. *Et quelles fadaises !* N'avait-elle pas sous-entendu que Phoebe était fauchée quelques minutes plus tôt ? *Pas besoin de jeu de tarot pour prédire ça !*

— À votre tour, maintenant, annonça Elena à Prue.

On va bien rire, songea cette dernière tandis qu'Elena dévoilait la première carte : un bouffon, sans doute pour signifier quelle imbécile elle était de se prêter à cette plaisanterie ! Elena tira une deuxième carte du paquet. Prue vit la main d'Elena se mettre à trembler. La femme pâlit, puis devint cadavérique. Comme si tout le sang de son visage s'était retiré.

— Qu'y a-t-il ? s'écria Prue.

Elle sentit un picotement de terreur lui parcourir la nuque.

— Je n'ai jamais tiré cette carte. Ça ne m'était jamais arrivé jusqu'à aujourd'hui, bafouilla Elena.

Elle la posa sur la table : la carte représentait une tour noire en ruine frappée par la foudre.

— Qu'est-ce que cela signifie ? demanda Prue.

— Je me suis trompée, prétendit Elena en remettant prestement la carte dans le paquet.

Elle en présenta une nouvelle sur laquelle un homme et une femme s'embrassaient.

— Pour vous, je vois une histoire d'amour… et… voilà.

— Vous avez vu autre chose avant, insista Prue, troublée par la réaction de la jeune femme. Dites-moi la vérité !

Elena tremblait maintenant de la tête aux pieds.

— J'ai tiré la carte la plus puissante du jeu, murmura-t-elle. Elle signifie que les ténèbres vont vous entourer.

CHAPITRE 2

— Les ténèbres ? s'esclaffa Prue. Vous ne prenez pas de grands risques, vous ! Dès que le soleil se couchera, il fera nuit et je serai entourée de ténèbres ! Facile, comme prédiction !

— Il ne s'agit pas d'une obscurité naturelle, précisa Elena d'une voix angoissée.

— De quoi, alors ? fit Prue, en s'emparant de la carte.

— Non. Rendez-la-moi. Seul celui à qui appartient le jeu a le droit de le toucher.

Prue tira la carte à elle avant que la jeune femme puisse l'atteindre. Elle l'étudia de près. Contrairement aux autres, celle-ci n'avait pas perdu ses couleurs. Le fond était d'un vert émeraude profond. Au centre, des éclairs argentés transperçaient une tour noire. Le ciel qui encadrait la tour était rempli d'étranges symboles géométriques.

Prue n'en était pas à une bizarrerie près, ces derniers temps. Elle avait aussi appris que les choses — et les gens — n'étaient pas toujours ce qu'ils paraissaient être. Elle se faisait peu à peu à cette idée. Pourquoi diable cette carte la mettait-elle si mal à l'aise ?

Le front plissé, elle croisa le regard d'Elena :

— Dites-moi exactement ce que la tour et tous ces symboles signifient.

Elena sourit et tendit sa paume ouverte. Son tremblement avait disparu comme par enchantement.

— Je vous le révélerai pour dix dollars de plus.

Ça aussi, j'aurais pu le prédire, pensa Prue.

— Non, merci ! Je n'ai pas besoin de commencer la nouvelle année en me faisant arnaquer.

— Vous paierez plus cher un jour ce que vous ne voulez pas payer aujourd'hui à bon prix ! lui lança Elena, le visage empourpré.

Prue éclata de rire :

— Je prends le risque.

Debout près de l'orchestre, Piper se déhanchait en rythme sur la musique assourdissante des Night Owls.

Cette soirée est sensationnelle, pensait-elle en regardant les gens s'en donner à cœur joie sur la piste de danse.

Un jour, les Night Owls passeraient sur toutes les stations de radio du pays et elle pourrait dire qu'ils avaient joué au *Quake* pour la soirée du Nouvel An.

Piper jeta un regard circulaire sur la salle. La soirée battait son plein et il y avait là une foule incroyable. C'était comme si l'endroit avait été envahi par des top-models. Même les hommes avaient plus belle allure qu'à l'ordinaire.

Peut-être est-ce parce que tout le monde est en tenue de soirée, songea-t-elle en voyant Matt, un des habitués du restaurant.

Elle aperçut Phoebe qui dansait avec un jeune homme blond. C'était probablement le vingtième type avec lequel elle dansait ce soir-là, se dit Piper, amusée.

Je ne sais pas de quoi elle se plaint, Phoebe n'a aucun problème pour attirer les hommes. J'aimerais bien être comme elle.

Une fois de plus, Phoebe portait une robe noire moulante et très courte. Difficile de ne pas la repérer ! Piper repensa aux prédictions d'Elena. Elle s'était trompée ; c'était Phoebe qu'on remarquait et non pas elle. Comme d'habitude !

Un des serveurs l'interrompit dans ses pensées.

— Piper, Billy est en train de régler un petit problème en cuisine. Je crois qu'il a besoin d'aide.

— J'y vais, répondit-elle.

Elle se dirigeait vers la cuisine pour prêter main forte à son second lorsqu'elle remarqua un type installé seul à une table, au bord de la piste de danse. L'inconnu la dévisageait. Ses yeux se plantèrent dans les siens : elle en eut le souffle coupé.

Même si, comme Prue, elle se lamentait de ne pas avoir de petit ami, Piper ne se sentait pas prête à s'engager avec qui que ce soit. Mais ce jeune homme était si mignon. Il esquissa un geste pour repousser sa mèche blonde, tandis qu'un léger sourire se dessinait sur ses lèvres.

Elle pensa un instant aller lui demander s'il avait apprécié son repas. Au lieu de cela, elle détourna le regard et se pressa en direction de la cuisine.

Comment les sœurs Halliwell pouvaient-elles être sûres de ne pas avoir affaire à quelqu'un représentant un danger pour elles ?

Piper était à deux pas de la cuisine quand Phoebe l'intercepta, le regard pétillant :

— Tu l'as fait !

— Fait quoi ? demanda Piper.

— Mais ça ! Ta soirée est la plus réussie de toute la ville ! Je t'avais bien dit que les Night Owls étaient géniaux !

— C'est vrai, reconnut Piper, radieuse.

— Et les garçons ! ajouta Phoebe, je n'ai jamais vu une telle concentration de canons ! Je ne parle même pas de ceux qui dansent…

Elle attrapa sa sœur par le bras :

— Qu'est-ce que tu penses de ce blond assis près de la piste de danse ?

Le mot qui venait à l'esprit de Piper était *splendide*.

— Je viens tout juste de le remarquer, je ne l'ai jamais vu ici auparavant… mais il m'a bien semblé qu'il me regardait.

— Je confirme ! renchérit Phoebe, d'ailleurs je l'ai bien observé. Il n'a regardé personne comme ça ! Crois-moi, petite sœur !

Tout à coup, Piper eut la désagréable impression d'avoir à nouveau treize ans : elle se sentait totalement gourde.

— Va lui demander comment il s'appelle, proposa Phoebe en la poussant du coude.

— Tu es folle ! Je ne peux pas.

— Pourquoi pas ?

— Parce que… je ne suis pas toi, lâcha Piper, résignée. Je suis incapable d'aller parler à quelqu'un que je ne connais même pas.

— Voilà pourquoi il faut que tu y ailles ! C'est le seul moyen de le connaître, insista Phoebe.

Piper prit une profonde inspiration. Elle avait vraiment envie de discuter avec l'inconnu. Depuis le bref instant où leurs regards s'étaient croisés, elle avait senti le courant passer entre eux. Mais aborder un homme n'était pas du tout son genre.

— Je ne saurai pas quoi lui dire.

— Piper, il y a un temps pour être timide et un temps pour oser. C'est la soirée du Nouvel An. Et puis tu es la patronne ! Tu te présentes et tu lui expliques que tu fais un petit tour pour savoir si tout le monde est content.

— Ça ne tient pas debout ! Non, je n'y vais pas. Point final.

— Hypocrite ! lui lança Phoebe, furibonde.

— Pas du tout !

— Cet après-midi, tu pensais que Prue ne devait pas laisser ce type extraordinaire sortir de sa vie. Et maintenant tu ne veux pas qu'un beau mec entre dans la tienne ! Voilà pourquoi je te traite d'hypocrite.

Piper pesta intérieurement. Elle détestait quand Phoebe avait raison. Et elle savait que sa sœur ne la lâcherait pas de la soirée.

— Oh ! D'accord. J'ai l'impression que c'est le seul moyen pour que tu ne me harcèles plus !

L'inconnu était si beau !

— Bon, je vais lui demander s'il a apprécié son repas, se décida Piper.

— Allez, Super Woman ! N'oublie pas de lui demander son nom, de lui donner le tien, et éventuellement pense à lui glisser ton numéro de téléphone, l'encouragea sa sœur.

— Phoebe ! fulmina Piper.

— Je plaisantais. Je ne regarde même pas, promis. D'ailleurs je vais de ce pas parler au batteur.

Tandis que sa sœur s'éloignait, Piper prit une nouvelle inspiration.

Tu peux le faire, se répétait-elle.

Elle croisa les serveurs qui apportaient des plateaux de canapés et de coupes de champagne, et s'approcha de la table. Ses cheveux étaient si blonds ! Il détourna un instant son attention de la scène et son regard croisa celui de Piper. Il avait des yeux noirs incroyables.

Je n'y arriverai pas.

Au dernier moment, elle fit violemment volte-face et entra en collision avec un serveur. Elle poussa un cri tandis qu'une cascade de champagne se déversait sur elle. Puis elle ferma les yeux tandis que les verres se brisaient sur le sol.

— Remboursez ! s'écria quelqu'un.

Tout le monde dans la salle de restaurant se mit à rire et à applaudir.

Piper sentit le champagne s'infiltrer dans le tissu de sa robe. La sensation d'humidité était vraiment désagréable. Et sa robe était fichue. Mais ce n'était rien comparé au fait qu'elle mourait littéralement de honte. Elle aurait bien aimé pouvoir empêcher l'incident. Si seulement elle avait pu utiliser son pouvoir et arrêter le temps ! Mais tout s'était passé trop vite.

— Je suis vraiment désolé, Piper, s'excusa le serveur. Je ne m'attendais pas à ce que tu te retournes si brusquement.

— Ce n'est pas grave, Danny.

— Je vais nettoyer.

Il s'agenouilla et commença à ramasser les morceaux de verre.

— Laisse-moi t'aider ! lança Piper en s'accroupissant à son côté.

Une main amicale se posa sur son bras.

— Tout va bien ?

C'était lui ! L'homme qui était resté assis toute la soirée près de la piste de danse ! Celui-là même qu'elle avait voulu aborder se tenait devant elle ! Il lui adressa un sourire amical, et Piper se sentit encore plus gênée.

— Je... Je vais bien, balbutia-t-elle, mais je nage dans le champagne.

— Oh ! Mais voilà une très belle idée, plaisanta-t-il.

— Non, je suis juste une imbécile, répliqua-t-elle. (Elle voulait s'éclipser aussi vite que possible.) Il faut que… j'aille voir Billy.

— Qui est Billy ? demanda-t-il, apparemment déçu. Votre petit ami ?

— Non, euh ! non, pas du tout. Il s'agit de mon second.

— Alors c'est à vous que l'on doit cette formidable soirée ?

— Je suis responsable de la soirée, du champagne renversé, des verres cassés. De tout, soupira-t-elle en considérant sa robe trempée. Votre repas vous a plu ?

— Beaucoup, répondit-il avec un large sourire.

— Bien, c'est tout ce que je voulais savoir.

Ce n'était décidément pas le moment de lui donner son nom ou son numéro de téléphone. Qu'était-elle supposée faire ? Lui tendre sa carte et lui déclarer : « Voilà, si vous voulez sortir avec miss Catastrophe, appelez Piper. »

— Il faut… je dois… vraiment y aller.

— Attendez, je vous en prie. Ne partez pas.

Il l'arrêta en effleurant son bras avec douceur. Piper se figea. Elle tourna lentement la tête vers lui.

— J'ai cherché toute la soirée un moyen de vous aborder, déclara-t-il en fixant le bout de ses chaussures.

Puis il releva la tête vers elle.

— Vraiment ? s'exclama Piper, le cœur serré.

Peut-être n'était-elle pas la seule timide de la soirée.

Il lui adressa un sourire embarrassé.

— Oui, vraiment. Mon nom est Jack Stone.

— Piper Halliwell, dit-elle en souriant béatement.

— Piper. Un prénom peu commun. J'aime bien.

— Une idée de ma mère.

Il s'esclaffa et elle adora son rire.

— Les mères ont souvent l'idée des prénoms, ajouta Jake. Au fait, je crois qu'il faut que vous alliez voir Billy.

— Billy ? souffla-t-elle.

— Votre second !

— Ah ! oui, Billy. Et je dois aussi me changer, dit-elle en examinant sa robe mouillée.

— Vous savez où me trouver, je ne bouge pas.

Elle se dirigea vers son bureau avec un grand sourire aux lèvres. Oh, oui ! Elle savait où le trouver. Et plus important encore, il *voulait* qu'elle revienne le voir.

Prue avait l'impression d'être dans un rêve. La liste d'invités de la soirée de Lloyd Claiborne rassemblait tout le gratin de San Francisco. En une demi-heure, on lui avait déjà présenté le maire de San Francisco, un soliste du City Ballet, le propriétaire d'un vignoble de Sonoma, l'héritier d'une des grandes fortunes du pétrole, le président d'une société leader sur Internet, un producteur de cinéma et le directeur du musée d'art moderne. Tout cela était tellement grisant !

Un orchestre de chambre jouait dans la salle de bal, des serveurs évoluaient parmi les invités en proposant des canapés, du vin et du champagne. Prue était totalement fascinée par la maison : un véritable musée privé regorgeant d'antiquités et d'œuvres d'art d'une valeur inestimable. De chaque côté du hall d'entrée se déployait un immense escalier incurvé qui desservait les deux étages supérieurs. Elle avait pris tout son temps pour visiter, en commençant par les pièces du premier étage où elle avait pu admirer des sculptures d'art contemporain, un bureau Louis XIV, des tapisseries de la Renaissance française, une fontaine provenant d'une villa italienne et des tapis de soie persans.

Ensuite, elle avait emprunté l'escalier jusqu'à une mezzanine qui reliait les deux volées de marches et menait aux ailes est et ouest de la demeure. Prue avait remis à plus tard la visite du deuxième étage. Elle emprunta l'unique escalier qui conduisait de la mezzanine au troisième étage. Là, des portes à la française ouvraient sur un balcon en fer forgé. La vue était saisissante. Le pont du Golden Gate brillait de tous ses feux.

— La vue est magnifique, vous ne trouvez pas ? s'enquit une voix masculine.

Elle se retourna et adressa un sourire à Lloyd Claiborne. Il devait avoir dix ans de plus qu'elle, ses tempes grisonnaient légèrement. Comment ne pas être impressionnée par lui et par sa demeure ?

— Incroyable, reconnut-elle.

— Vous avez fait tout le tour ?

— Pas tout à fait, je n'ai pas encore visité le deuxième étage. Il y a un certain nombre d'objets que je n'avais vus que dans des livres d'art.

Claiborne la regarda d'un air étrange : Prue se sentit toute petite. Se comportait-elle comme une fille qui n'y connaissait rien ?

— Je voulais dire, rectifia-t-elle, que c'est un privilège de voir votre collection.

— J'ai toujours pensé qu'il était dommage de cacher les belles choses, confia avec aisance Claiborne, surtout aux yeux des connaisseurs. J'ai été très impressionné par le catalogue que vous avez établi pour la vente de pâte de verre Art déco. J'ai donné votre nom à quelques amis amateurs d'art.

— Je vous remercie infiniment. C'est un honneur, dit-elle, flattée.

— Pour ne rien vous cacher, je trouve parfois Claire un peu ennuyeuse. Bien, à présent, veuillez m'excuser. Je dois aller accueillir d'autres invités.

Prue regarda Claiborne s'éloigner, en songeant qu'il avait rendu cette nuit inoubliable. Elle était sur un nuage.

Eh bien ! Ça ne pouvait pas durer, pensa Prue un instant plus tard lorsque Claire s'approcha d'elle à grands pas.

La jeune femme adorait son métier, mais sa patronne, c'était une autre histoire... Comme toujours, Claire avait un air pincé et une expression revêche. Elle était incapable de se détendre, même une seule soirée.

— Prue ! s'exclama-t-elle sans franchir le seuil, de quoi parliez-vous avec M. Claiborne ?

— D'objets anciens, lâcha-t-elle pour couper court.

— Mais de quoi, précisément ? Vous n'avez pas commis d'impair, au moins ? Racontez-moi tout.

— Claiborne m'a dit qu'il avait été impressionné par la vente Art déco, répliqua-t-elle prudemment. Si elle lui racontait qu'il avait été impressionné par son travail à elle, ça ne manquerait pas de lui retomber sur le dos.

— Il va nous envoyer d'autres clients, conclut-elle.

Claire ferma les yeux de soulagement.

— Dieu merci ! Faites le tour des invités, nouez des contacts. Vous êtes ici pour travailler, pas pour vous amuser.

Prue fut saisie d'une envie folle de la planter là, mais elle se retint.

— Je ferai de mon mieux.

Dès que Claire eut le dos tourné, Prue haussa les épaules.

J'espère que je ne serai jamais obsédée par le travail au point de ne plus savoir m'amuser.

Puis elle se rendit compte que c'était exactement ce qu'elle avait déclaré à ses sœurs : se concentrer uniquement sur sa carrière.

Tout à coup, elle eut envie d'être au *Quake* avec ses sœurs et loin de sa patronne.

Elle prit une coupe de champagne offerte par un serveur et retourna sur le balcon. Des feux d'artifice explosaient en gerbes or et émeraude au-dessus de l'eau tandis qu'elle dégustait son verre. Une sensation de froid la parcourut soudain. Elle eut l'impression d'être observée et pivota sur elle-même.

Elena, la diseuse de bonne aventure, se tenait sur le seuil du balcon.

— J'avais raison, vous voyez, dit-elle, les yeux pétillant d'une lueur de triomphe.

Bouche bée, Prue se sentait profondément troublée. Elle portait toujours sa jupe de foulards, mais cette fois elle était entièrement vêtue de noir.

— Que faites-vous ici ? balbutia Prue.

— Je viens voir mes prédictions se réaliser.

Elena tourna les talons et se précipita dans l'escalier, son châle ondoyant dans son sillage.

Comment a-t-elle su que j'étais là ? se demanda Prue.

Elena se trouvait à la table voisine pendant le déjeuner des sœurs Halliwell. Peut-être les avait-elle entendues discuter ? Peu probable. Elle ne leur avait prêté aucune attention avant de leur lire les cartes. Et maintenant, voilà qu'elle était ici. Bizarre…

Prue revint à l'intérieur et admira la lumière éblouissante dispensée par le lustre en cristal de Claiborne. Elle tremblait encore en se remémorant l'angoissante prédiction d'Elena : « Les ténèbres vont vous entourer », avait-elle averti. Qu'est-ce que cela pouvait bien signifier ?

— Qui était-ce ? fit une voix.

Prue se retourna, surprise par le timbre profond de la voix. Elle posa sa main sur sa poitrine pour calmer les battements de son cœur. Un homme d'un certain âge à l'épaisse crinière blanche, vêtu d'un smoking impeccablement coupé, se tenait devant elle.

— Je l'ai rencontrée au *Railyard Café* cet après-midi, expliqua Prue, elle tirait les tarots.

— Vraiment ? Je suis étonné que Claiborne l'ait invitée. Elle m'a l'air un peu trop excentrique ! Elle détonne parmi les invités. Je m'appelle Jason Roman. Lloyd m'a dit que vous étiez expert en objets d'art, ajouta-t-il en lui tendant la main.

— En effet, je travaille chez Buckland.

— Malheureusement, je n'y connais pas grand-chose, avoua-t-il, mais j'apprécie chez une femme qu'elle soit différente des autres.

Prue sentit son estomac se nouer. Avait-il deviné qu'elle était une sorcière ? Impossible, bien sûr. Sauf qu'elle avait parfois l'impression que les gens décelaient ses pouvoirs rien qu'en la regardant.

— Différente ?

Jason Roman sourit.

— Peut-être ne l'avez-vous pas remarqué… vous êtes la seule femme à ne pas porter de noir.

Prue jeta un rapide coup d'œil autour d'elle. Effectivement, toutes les femmes étaient en noir.

Les hommes portaient tous des smokings noirs. Prue baissa les yeux sur sa robe de soie rouge. Elle croisa le regard de Jason.

— On pourrait d'ailleurs dire que je suis entourée par les ténèbres, plaisanta-t-elle.

— Parfaitement. Personnellement, je trouve que le rouge apporte une originalité bienvenue. (Il leva son verre pour lui porter un toast.) Cela vous distingue des autres.

Prue leva son verre.

— Merci, dit-elle, avec le sentiment qu'elle aurait pu s'évanouir de soulagement. *Voilà pour Elena et ses prédictions ridicules !*

Elle salua Jason Roman avant de descendre l'escalier de marbre. Elle tendit son verre vide à un serveur et repéra Robert Gaillard depuis le premier étage. Il traversait le hall bondé pour aller à la rencontre de Lloyd Claiborne.

Cependant le regard de Robert se posa sur elle, comme s'il avait su exactement où la trouver. Il se dirigea vers Prue en souriant.

La jeune femme était surprise d'être si contente de le voir. Elle avait rencontré beaucoup de gens ce soir et avait même pu parler de la collection de Claiborne avec un certain nombre d'entre eux. Mais personne ne savait apprécier ces trésors si rares autant que Robert.

Phoebe avait vu juste. Robert et elle avaient de nombreux points communs. Malheureusement subsistait le petit problème de la famille Halliwell.

Son père avait-il jamais su qu'il était marié avec une sorcière? Après tout, sa mère n'avait pas mis ses filles au courant.

Est-ce qu'une partie de ma vie sera toujours secrète? s'inquiéta Prue.

Hélas, *Le Livre des Ombres* ne donnait pas de conseils, et n'indiquait pas plus comment doivent se comporter les sorcières. Il ne délivrait que des formules magiques, des incantations et de brèves leçons d'histoire sur les créatures maléfiques qui hantent la nuit.

Robert lui dit bonjour avec ce délicieux accent français que Prue adorait. Elle avait envie de mieux le connaître, mais elle était effrayée par la tournure que pourraient prendre les choses.

— Vous avez manqué le feu d'artifice, murmura-t-elle en tentant de dominer l'émotion dans sa voix.

— J'ai été pris dans un embouteillage. J'avais peur de vous rater.

Ses yeux bleus la regardaient intensément. Quand il s'empara de sa main, des frissons montèrent le long du bras de Prue. Elle songea qu'elle aurait aimé être prête. Mais elle ne l'était pas, et mieux valait que l'histoire entre eux ne commence pas.

— En fait, j'étais sur le point de partir, affirma-t-elle.

— Pourquoi aller à une soirée du Nouvel An pour partir avant minuit? demanda-t-il, incrédule.

— Par curiosité. Du jour où je suis entrée chez Buckland, j'ai entendu parler de la maison et de la collection de Lloyd Claiborne. C'était l'occasion de voir cela de mes propres yeux. En outre, Claire nous a bien fait comprendre que nous autres, membres de son équipe, étions là en service commandé.

— Ça ne m'étonne pas ! Mais vous avez raison à propos de la collection. C'est une des plus belles de votre pays. Surtout depuis que je lui ai fait acheter certaines pièces, précisa-t-il sans fausse modestie. Et Claire a raison sur ce point : plus vous connaissez votre client, plus vous trouvez et lui vendez facilement ce qu'il cherche.

Robert saisit au vol deux flûtes de champagne sur le plateau d'un serveur et en tendit une à Prue :

— Je vous en supplie, restez encore un peu !

Prue sourit.

— Je partirai dès que ce verre de champagne sera vide. J'ai promis à mes sœurs de les rejoindre au *Quake*, le restaurant que dirige Piper. Ce soir, il paraît qu'il y a un groupe formidable.

— Alors, je viens avec vous, proposa Robert. L'orchestre de chambre de Claiborne est parfait, mais pour ce qui est de danser…

Pourquoi résister? se demandait Prue. *Robert est charmant, superbe, et il est un des rares hommes que j'aie rencontrés qui s'intéresse aux objets d'art.*

Elle céda à contrecœur.

— D'accord, mais ce ne sera pas le même genre de soirée !

Robert eut l'air plus que ravi.

— Vous déjeuniez avec vos sœurs quand je vous ai vue ?

— Oui, mes deux sœurs. Je suis navrée, j'ai été impolie de ne pas vous les présenter.

— Nous ferons connaissance au *Quake*. Oublions le passé, dit-il en trinquant.

— Mais le passé est notre spécialité, plaisanta Prue.

Robert jeta un regard circulaire sur la maison.

— Cette demeure me fait penser à un musée.

— À moi aussi. Pourriez-vous y vivre ? le questionna Prue.

— J'adore visiter les musées, mais de là à y habiter. Un peu froid, non ?

— J'habite une maison qui appartenait à ma grand-mère. Elle ne regorge pas d'objets de valeur, mais elle est chaleureuse et accueillante.

— Voilà ce que je voudrais, un endroit qui se transmette de génération en génération.

— Vous voyez qu'il nous est impossible d'oublier le passé !

— Vous avez sans doute raison ! s'esclaffa-t-il.

Il se dirigea vers une vitrine à l'autre extrémité de la mezzanine.

— Que pensez-vous de la collection de colliers exotiques de Claiborne ?

— Fabuleuse, mais je n'ai pas réussi à identifier deux pièces.

Robert lui prit la main et elle sentit une douce chaleur l'envahir. Il la conduisit jusqu'à la vitrine.

Elle étudia les trois colliers en les comparant mentalement à des pièces qu'elle avait pu voir.

— Lequel reconnaissez-vous ?

— Celui du milieu, en jade et en or. Il est chinois, et il remonte probablement à la dynastie Han, précisa Prue.

— Je suis impressionné, dit-il doucement.

Elle sentit le rose lui monter aux joues et ne fut pas étonnée de voir Robert sourire.

— À vous, pour les deux autres ! lança-t-elle.

Il montra du doigt le premier collier. De délicats scarabées d'or alternaient avec des pendentifs en or ciselés et des perles brillantes.

— Les coléoptères symbolisent la vie éternelle, expliqua Robert, il vient probablement d'Égypte. Claiborne affirme qu'il a été porté par Cléopâtre.

— Vous paraissez sceptique.

— En effet. Il appartient à la dix-huitième dynastie, entre 2000 et 1500 avant Jésus-Christ. Cléopâtre a régné entre 51 et 30 avant Jésus-Christ. Les dates ne collent pas vraiment.

— Je vois, dit Prue, un sourire aux lèvres. Claiborne ne s'embarrasse pas de ce genre de détails ?

— Il connaît l'âge du collier. Je pense simplement qu'il aime l'idée romantique que Cléopâtre ait pu le porter. Et qui sait ? Peut-être est-il arrivé jusqu'à elle. Quant au troisième collier, j'ai une attirance toute particulière pour lui.

Il sortit une petite clé et ouvrit la vitrine. Il souleva le couvercle puis glissa sa main sous la chaîne en or. Des inscriptions dorées étaient gravées tout autour d'une émeraude ovale. La surface lisse de la pierre semblait attirer la lumière du lustre. Prue ne pouvait déchiffrer les minuscules incrustations sur le biseau de la pierre, mais elles lui semblaient familières.

Robert souleva délicatement le collier de son écrin de velours.

— J'ai encore quelques détails à régler avec Claiborne, mais il est d'accord pour me le vendre.

Prue eut un sursaut d'envie. Jamais elle ne posséderait un tel bijou.

— Je ne peux pas croire qu'il ait envie de céder ce joyau, souffla-t-elle, il est au-delà de la beauté... Il est extraordinaire.

— Il appartient à quelqu'un de tout aussi extraordinaire, déclara Robert en lui mettant le collier autour du cou.

Un miroir encadré d'or fin était suspendu au-dessus de la vitrine. Prue y contempla son reflet ainsi que l'émeraude qui étincelait sur sa gorge. Robert fit quelques pas dans son dos. Elle se retourna et le regarda dans les yeux.

— Où allez-vous ?

— Je me recule pour vous admirer, vous et le collier. Vous êtes faits l'un pour l'autre.

L'horloge sonna minuit. Tout à coup, les lumières s'éteignirent.

Tout le monde se mit à crier « Bonne année ! » en même temps. Les acclamations et les sifflets suivirent.

Prue entendit les bouchons de champagne sauter et les gens s'esclaffer. Où était donc Robert ?

Le feu d'artifice commençait au loin. Trop loin pour illuminer la pièce. Les yeux de Prue ne s'étaient pas encore habitués à l'obscurité, mais elle ne désirait qu'une chose, que Robert soit là, derrière elle.

D'accord, s'avoua-t-elle à elle-même, *j'ai menti en disant que je ne croyais pas à la tradition du Nouvel An, et je veux vraiment qu'il m'embrasse.*

Elle ne bougeait pas, inquiète à l'idée que Robert ne la repère pas dans le noir. Si seulement il avançait, il la croiserait.

Elle sentit un souffle d'air devant elle, une brise légère, à peine perceptible. Puis sa bouche vint se sceller à la sienne. Elle ferma les yeux, comme emportée hors du temps.

Son corps s'enflamma. Jamais on ne l'avait embrassée si intensément, si passionnément. Tous ses sens étaient en éveil pour recevoir le baiser de Robert. Ils étaient seuls au monde. Tout s'évanouit autour d'eux et il ne resta que leurs lèvres scellées.

Les lumières se rallumèrent. Le baiser était fini. Prue, à bout de souffle, rouvrit les yeux comme si elle émergeait d'un rêve. Elle avait envie de se perdre dans le regard bleu de Robert. Elle voulait lire dans ses yeux le même sentiment que celui qu'elle éprouvait.

Il n'y avait personne.

Elle se retourna lentement. Il était là, tout près. En lui souriant, il lui désigna un couple qui s'embrassait. Un homme bouscula Prue et s'excusa avant de s'éloigner. Avant qu'elle ait eu le temps de réagir, Robert l'attira à lui. Elle passa ses bras autour de son cou, espérant un autre baiser.

— Il t'en a fallu du temps, lui murmura-t-elle.

Il colla sa bouche contre la sienne pour un baiser très doux. Avide de retrouver les mêmes sensations, Prue se dressa sur la pointe des pieds, pressa son corps contre le sien. Au lieu de cela, les lèvres de Robert se contentèrent d'effleurer les siennes. Elle ne ressentait plus la passion qui l'avait dévorée quelques instants plus tôt.

Robert recula :

— Mieux vaut tard que jamais.

— De quoi parles-tu ? demanda-t-elle, interloquée.

— Je ne te trouvais plus dans le noir.

Prue sentit son cœur battre plus fort et le sang lui monta aux joues.

— Qu'est-ce que tu veux dire ?

— Un baiser aux douze coups de minuit aurait été si — comment dit-on ? — romantique. Mais quelques minutes après, c'est tout aussi attendrissant.

Prue en eut le souffle coupé : ce n'était pas Robert qu'elle avait embrassé à minuit. Mais si ce n'était pas lui, alors qui ?

Elle jeta un regard alentour. Quel était l'homme le plus proche d'elle ? Les gens se déplaçaient sans cesse. Heureusement Robert ne semblait pas remarquer sa déception, ni même sa confusion.

— Prue, je dois récupérer le collier et le remettre dans la vitrine de Claiborne.

— Naturellement, dit-elle en détachant la chaîne en or.

Elle l'observa tandis qu'il reposait le collier à sa place.

— Bonne année ! s'exclama quelqu'un derrière Prue.

Elle se retourna. Un homme élancé se tenait devant elle. Elle ne le connaissait pas. Et si c'était lui qui l'avait embrassée si intensément ?

Elle se haussa sur la pointe des pieds, jeta ses bras autour de son cou et l'embrassa. Il fallait qu'elle sache qui l'avait autant émue. Un appétit était né en elle qu'elle devait rassasier.

Elle embrasserait tous les hommes présents pour répondre à la question qui la taraudait, s'il le fallait.

Qui diable m'a embrassée ? se rongeait Prue.

CHAPITRE 3

Piper dansait sur la musique endiablée des Night Owls. Elle fit un tour sur elle-même, et Jake en fit autant. Elle adorait sa manière de bouger. Et plus encore celle de la regarder.

Elle aurait bien aimé que le groupe joue un slow, à minuit pile, par exemple... Jake attrapa sa main et la fit tournoyer. Piper rit aux éclats.

Le morceau s'acheva, il fallait qu'elle retourne à ses obligations. Tout se passait bien, mais elle était tout de même la patronne. Elle devait aller en cuisine vérifier que les serveurs et les commis tenaient le coup, et qu'il y avait suffisamment de réserves de vin et de champagne.

— Je dois aller en cuisine, annonça-t-elle à Jake, à bout de souffle.

— Il est bientôt minuit. Encore une dansc ! proposa Jake.

Piper se sentait coupable : c'était au moins la troisième ou quatrième qu'elle s'accordait. Son trac s'était envolé.

Phoebe s'approcha d'eux, aussi essoufflée que Piper. Elle avait dû danser à peu près sur tous les morceaux.

— Alors, cette soirée n'est pas super ? demanda Phoebe à Jake.

— Géniale ! Si seulement Piper acceptait de danser une dernière fois !

Piper était déchirée entre son devoir et son envie de s'amuser.

— Pourquoi ne danses-tu pas avec Phoebe en attendant ? proposa-t-elle.

— Je danse avec vous deux, dit Jake en leur attrapant la main. Allez, profite des dernières minutes de l'année !

Les musiciens jouèrent plus fort et plus vite. Jake s'amusait avec Phoebe, mais il dévorait Piper des yeux. Elle aurait aimé que Prue soit là afin qu'elle lui présente le jeune homme. Il était tellement sympa.

Lorsque minuit sonnerait, il l'embrasserait. Et c'est ce qu'elle désirait. Elle n'avait pas éprouvé un tel sentiment depuis si longtemps.

Quelqu'un hurla alors : « Dix ! » D'autres enchaînèrent : le compte à rebours avait commencé. La musique ralentit. Jake se rapprocha de Piper. Les cloches et les carillons retentirent, les ballons tombèrent du plafond. Jake la regardait dans les yeux : « Un ! »

Puis ce fut une explosion de cris et de rires.

Jake attira Piper et lui glissa à l'oreille : « Bonne année ! »

Elle ferma les yeux, prête à l'embrasser, quand elle se sentit tirée en arrière. Et elle se retrouva nez à nez avec Billy.

— Qu'est-ce que tu fabriques ? protesta-t-elle.

— Excuse-moi, mais il y a une urgence en cuisine. Un des tuyaux sous l'évier fuit. Il y a de l'eau partout.

— Je suis désolée, dit-elle à Jake.

— Vas-y. Je comprends.

Piper suivit Billy qui se frayait un chemin dans la foule. Elle essaya d'apercevoir Jake à travers les ballons, les serpentins et les confettis. Son cœur chavira quand elle le vit déposer un petit baiser sur la joue de Phoebe. Un baiser qui aurait dû être pour elle.

— L'ambiance n'a rien à voir avec celle de la soirée de Claiborne ! s'exclama Robert en hurlant pour couvrir la musique tandis qu'il suivait Prue à l'intérieur du *Quake*.

— Je t'avais prévenu, dit-elle en le regardant de travers.

— Prue !

Ses deux sœurs crièrent son nom en même temps et lui sautèrent dessus. Elle les embrassa.

— La soirée est une réussite, on dirait ! s'enthousiasma-t-elle.

— Oh, oui ! Et Piper a un nouvel amoureux, lui confia Phoebe.

— Sauf que ce n'est pas moi qu'il a embrassée, répondit celle-ci en faisant les gros yeux à sa sœur.

— J'ai eu un bisou parce que tu étais partie. Très innocent, en plus. J'ai bien vu la façon dont il te regardait. Et en ce moment, il attend bien sagement assis à sa table que tu aies fini de travailler ! Personne d'autre ne l'intéresse, Piper.

— Ce n'est pas drôle d'être chef le soir du Nouvel An, grommela cette dernière. Nous avons eu une petite urgence en cuisine : il semble que je sois la seule à être capable de me servir d'une clef à molette.

Prue regarda Robert avec un sourire narquois :

— Les sœurs Halliwell ont l'esprit pratique.

Puis elle le poussa en avant pour les présentations.

— Robert, voici mes sœurs, Phoebe et Piper.

— Enchanté, mesdemoiselles, dit-il en faisant un baisemain à chacune. Ravi de vous revoir !

— Nous de même, répondit Phoebe.

— Pourquoi n'irais-je pas chercher une bouteille de champagne au bar, histoire de porter un toast pour le Nouvel An... et pour un nouveau début ? ajouta-t-il en lançant un regard appuyé à Prue.

Elle le regarda s'éloigner en songeant à l'inconnu qui l'avait embrassée à minuit. Quelle idiote d'avoir emmené Robert au *Quake* ! Maintenant il allait s'imaginer qu'elle éprouvait quelque chose pour lui.

— Alors, vous êtes ensemble tous les deux ? demanda Phoebe en lui pinçant le bras.

— Non, il a voulu venir. J'ai eu un moment de faiblesse, et puis j'ai imaginé que ce serait marrant, mais maintenant... je n'en suis pas si sûre.

Prue repensa au baiser romantique de Robert. C'était peut-être ça le problème : trop doux. Elle voulait qu'on l'embrasse avec passion. Comme son baiser de minuit. Un sentiment étrange l'étreignait, mais elle était incapable de savoir ce qu'elle voulait. De quoi avait-elle réellement besoin ?

— Qu'est-ce qui ne va pas ? l'interrogea Phoebe.

— Rien, je pensais juste à la soirée de Claiborne.

Là-bas, Prue n'avait pas réussi à retrouver celui qui l'avait étreinte si intensément. Il avait disparu dans la foule — comme un fantôme. Prue l'avait cherché à l'aide du seul moyen qui s'offrait à elle. Sans doute était-ce la raison pour laquelle elle regrettait d'avoir amené Robert ici : il n'avait pas eu l'air enchanté de la voir embrasser d'autres hommes !

— Alors, c'était comment, cette soirée ? demanda Phoebe.

— Contrastée.

Elle n'avait aucune envie de parler du baiser de minuit à ses sœurs. Elle voulait le garder pour elle. Elle changea de conversation. Prue leur prit la main.

— Vous savez qui j'ai vu ?

— Brad Pitt ?

Prue fit les gros yeux.

— Tu crois que je serais partie s'il avait été là ? Non, Elena.

— La fille aux tarots ? s'exclama Phoebe.

— Oui, elle a déclaré qu'elle attendait que sa prédiction se réalise. Ça m'a donné la chair de poule.

— Comment savait-elle que tu étais là-bas ? demanda Phoebe.

— Aucune idée.

— Elle n'était pas loin de notre table quand elle a tiré les cartes aux clients, intervint Piper. Peut-être nous a-t-elle entendues parler ? À moins que ce ne soit une pure coïncidence.

— Au fait, sa prédiction s'est-elle réalisée ? As-tu été encerclée par des ténèbres pas vraiment naturelles ? plaisanta Phoebe.

— J'étais habillée en rouge et tout le monde — je veux dire *tous* les autres — portait du noir. J'étais donc entourée de ténèbres tout à fait normales !

Robert revint avec quatre coupes et une bouteille de champagne.

Prue contemplait les bulles qui remontaient à la surface du verre tandis qu'il les servait. Elle sentait une force monter en elle, une urgence incompréhensible. Ils trinquèrent tous ensemble puis savourèrent leur champagne.

À ce moment précis, Prue aperçut un élégant jeune homme blond qui se dirigeait vers elle. Ses lèvres commencèrent à la picoter. Elle se dit que ce devait être le champagne. Elle éprouvait cependant une drôle de sensation. Elle avait une irrépressible envie d'embrasser cet inconnu.

Pourquoi ? se demanda-t-elle, effrayée.

Son inconnu à elle ne pouvait être au *Quake*.

C'est sans doute parce qu'il est très beau ! se rassura-t-elle.

— Si tu en as terminé avec Billy et la cuisine, j'ai pensé qu'on pourrait peut-être danser, proposa le jeune homme blond à Piper.

Le visage de la jeune femme s'illumina :

— Volontiers.

Après de brèves présentations, elle confia son verre à Phoebe. Prue regarda sa sœur s'éloigner, enlacée par Jake.

— Il est super-sexy, lâcha-t-elle, comment c'était quand il t'a embrassée, Phoebe ?

— Il s'agissait d'une bise rapide et charmante ! C'est Piper qui lui plaît !

À la vue des couples qui dansaient et s'embrassaient, Prue ressentit une pointe d'envie.

— Merci pour le champagne, dit-elle en tendant son verre à Robert.

— On danse ? proposa-t-il.

— Je n'en ai pas trop envie, fit-elle avec une moue.

Billy émergea de la cuisine, sa toque toute de travers. Prue remarqua qu'il avait des taches de rousseur sur le nez.

Je ne m'étais jamais rendu compte qu'il était si mignon ! pensa-t-elle.

Il s'approcha d'eux, l'air renfrogné.

— Savez-vous où est Piper ? demanda-t-il.

Sans réfléchir, Prue lui appliqua les deux mains sur les joues et lui donna un grand baiser. Elle se recula, satisfaite. Mais son sourire s'évanouit quand elle vit la tête de Billy.

Un voile gris comme le brouillard s'abattit sur son visage. Ses taches de rousseur disparurent. Sa peau se rétracta lentement jusqu'à ce que son visage ressemble à une tête de mort. Ses yeux devinrent ternes et béants.

Prue ferma les yeux à demi. L'image s'évapora comme un nuage de fumée. Billy paraissait normal, ses taches de rousseur étaient bel et bien là. Quel champagne Robert lui avait-il donc fait boire ?

— Waou, Prue ! En quel honneur ? demanda Billy, stupéfait.

Tremblante, essayant de comprendre ce qu'elle avait vu, Prue se contenta de secouer la tête. Elle voulait chasser de son esprit l'image d'horreur et aussi le baiser donné à Billy.

— C'est le Jour de l'An, Billy. Regarde autour de toi. Tout le monde s'embrasse. Bonne année ! Je te conduis auprès de Piper, dit-elle en le prenant par la main. (Et par-dessus son épaule, elle lança à Robert :) Je reviens tout de suite.

Elle sentit à nouveau ses lèvres la picoter tandis qu'elle guidait Billy à travers la salle. Et si elle embrassait quelqu'un d'autre... Prue se sentait sexy. Son regard se promenait sur l'assemblée. Peut-être que son fantôme de minuit *se trouvait* dans les parages ? Une idée fantasque la traversa : peut-être l'avait-il suivie jusqu'ici ! Même si elle ne savait pas à quoi il ressemblait, elle ne l'oublierait jamais. Elle aurait pu faire n'importe quoi pour lui !

Elle secoua de nouveau la tête.

Atterris! se raisonna-t-elle. *Il n'est pas ici. Et ce n'est pas ton genre d'embrasser des hommes que tu ne connais pas.*

Cependant, une partie d'elle-même ne se résignait pas. Peut-être était-ce le champagne ou simplement de fête du Nouvel An?

Les gens s'étourdissaient, riaient, s'embrassaient sans peur du lendemain.

Pour une fois, j'ai envie de faire quelque chose de dingue! décida Prue. *C'est génial de se laisser aller!*

Ils arrivèrent près de Piper, et elle tapa sur l'épaule de sa sœur.

— Billy a besoin de toi. Je prends la place de Piper, dit-elle à Jake.

Piper se mit à marmonner à Jake ce qui ressemblait à d'interminables excuses. Prue avait l'impression que sa sœur ne partirait jamais. Sans rater une mesure, elle se trémoussa devant Jake.

— Phoebe m'a dit quc tu embrassais très bien.

Jake rougissait: *Il est trop mignon!* pensa Prue.

— Comment a-t-elle pu dire ça? C'était juste un petit bisou pour fêter le Nouvel An, répliqua-t-il, et sur la joue!

Prue s'approcha plus près; la chaleur s'emparait d'elle à nouveau.

— Laisse-moi voir si elle a raison.

Elle se colla contre lui, prit son visage entre ses mains et approcha ses lèvres des siennes. Il posa sa main sur la bouche de Prue puis se libéra.

— Merci pour la proposition, mais non merci.

— C'est le Nouvel An, se défendit-elle, un petit baiser, ça ne peut pas faire de mal !

— Sans rancune ! Mais je crois que ça ne va pas m'aider à partir du bon pied d'embrasser les sœurs de Piper avant même de l'avoir embrassée, elle !

Bouillant d'impatience, Prue leva les yeux au ciel.

— Comme tu veux ! Je trouverai quelqu'un d'autre !

Elle s'éloigna à grands pas. Un couple avait cessé de danser devant elle. La femme se tenait tout près de l'homme.

Prue se rappela comment elle avait découvert que les émotions fortes canalisaient son pouvoir télécinétique. Et justement, ses émotions étaient à fleur de peau. Elle désespérait de ressentir la même sensation qu'à minuit !

Fronçant les sourcils, elle se concentra sur son pouvoir et propulsa la femme loin de son compagnon. Celle-ci glissa à travers la pièce comme poussée par un puissant coup de pied. Un éclat de rire jaillit au moment où la femme trébucha avant de s'étaler de tout son long.

Prue se tenait devant l'homme.

— Tu ne l'aimes pas, elle.

Elle attira son visage pour lui donner un baiser. Mais ce n'était pas ça ! Il n'était pas celui qu'elle voulait, celui qu'elle cherchait.

L'homme devint tout pâle. Des cercles gris sombre se formèrent autour de ses yeux qui se révulsèrent dans leurs orbites.

— Tirez-vous, laissez-le ! hurlait la petite amie du type en la repoussant.

Le regard de Prue alla de l'un à l'autre. L'homme avait l'air normal à présent. Il souriait à belles dents.

— Ouah ! On ne m'a jamais embrassé comme cela ! s'enthousiasma-t-il.

Son amie lui envoya un bon coup dans le bras.

— Euh ! Désolé, dit-il en s'étranglant, mais c'était un sacré baiser !

Prue regarda la femme et leva les mains en signe de reddition.

— Je suis navrée ! Je me suis laissé emporter. Il est à vous !

Elle s'en alla, l'esprit troublé.

Emportée ! pensa-t-elle. *J'ai fait bien davantage qu'utiliser mon pouvoir en public, oui… Et ces images brumeuses, d'où venaient-elles ? Cela n'avait aucun sens. On aurait dit des hallucinations. C'était comme si j'avais été droguée*, réalisa Prue. *Pourquoi est-ce que je vois des choses qui n'existent pas ?*

Elle voulait refouler son désir, mais le besoin pressant d'un baiser revenait, toujours plus impérieux. Elle fondit sur un jeune homme solitaire aux cheveux gominés. Habillé avec soin et cravaté, il ressemblait à un banquier.

— Embrasse-moi, là, tout de suite, ordonna-t-elle en l'enlaçant.

Nul, nul, nul ! jugea-t-elle un instant après. *Aucune passion. Aucun feu. Aucune vie. Un cadavre aurait fait mieux !*

Installée au bar en compagnie de Robert, Phoebe observait Piper qui dansait avec Jake. Elle s'était dépêchée de régler le problème de Billy en cuisine pour le rejoindre sur la piste de danse. Phoebe comprenait : Jake était adorable, un peu timide comme Piper. Elle se dit qu'ils formaient un joli couple.

Prue et Robert iraient bien ensemble si seulement sa sœur se décidait à le rejoindre ! Au lieu de cela, on aurait dit qu'elle avait décidé d'embrasser tous les types de la soirée. Tous, excepté celui avec qui elle était arrivée. Phoebe était vraiment désolée pour Robert.

Elle aperçut Prue qui embrassait encore un autre homme, puis le repoussait violemment. *Qu'est-ce qu'elle a dû boire ! Ça ne lui ressemble pas du tout. Ça ne peut pas être seulement à cause du champagne. Agit-elle ainsi uniquement pour que Robert se décourage ? En tout cas, si elle ne veut pas de lui, elle pourrait le lui dire en face.*

Phoebe se tourna vers Robert. Elle ne fut pas étonnée de lire de la déception dans son regard.

— Je ne sais pas ce qui arrive à Prue ce soir, elle n'est plus elle-même. Peut-être est-ce le champagne…

Robert leva son verre qui était à moitié plein.

— Je ne crois pas, Phoebe. Tu es gentille d'essayer de préserver ma fierté !

Phoebe s'accouda au bar et posa son menton au creux de ses mains.

— Il paraît que les Français embrassent très bien.

— Ce n'est pas l'avis de Prue, soupira-t-il. Je l'ai embrassée chez Claiborne. Je le referais volontiers si seulement elle venait vers moi.

— Comment vous êtes-vous rencontrés ?

Il haussa les épaules tristement en jetant un œil en direction de Prue.

— À une vente aux enchères l'année dernière. Nous surenchérissions sur la même pièce, une urne étrusque.

— Prue adore disputer des enchères !

— Je m'en suis rendu compte. Je l'ai vu dans ses yeux. J'aurais pu gagner, mais j'ai laissé tomber.

— Pour qu'elle l'emporte, elle ?

Il acquiesça :

— Je voulais faire sa connaissance et j'ai pensé que c'était un meilleur moyen que de lui offrir des fleurs. Mais elle ne pensait que boulot !

— Sa carrière est très importante pour elle, approuva Phoebe.

Elle vit Prue qui embrassait encore un autre inconnu.

— Après mon départ de San Francisco l'an dernier, je n'ai pas cessé de penser à elle. Depuis mon retour, j'ai essayé d'attirer son attention par tous les moyens, mais elle ne cesse de m'éviter.

Robert transvasa le champagne qui restait dans le verre de Prue dans la bouteille. Phoebe trouva ce geste quelque peu bizarre.

— Les choses n'ont pas tourné comme je le voulais, ajouta-t-il avec amertume.

Il se leva, prit la main de Phoebe, la porta à ses lèvres et l'embrassa doucement.

— Merci de m'avoir tenu compagnie. Dis à Prue de m'appeler si elle veut boire le reste de son champagne.

Très étrange, pensa Phoebe. *Pourquoi emporter le champagne de Prue ?*

Elle haussa les épaules en le suivant des yeux. Phoebe se demandait quel effet ça lui ferait de rencontrer un homme aussi incroyable qui l'aimerait autant. Elle reporta son attention sur les couples qui dansaient et sur ceux qui s'enlaçaient et discutaient. Prue, elle, embrassait à nouveau un inconnu sans intérêt. En tout cas, il n'avait pas le charme de Robert.

— Prue, tu es devenue complètement dingue ! déclara-t-elle d'un ton catégorique.

CHAPITRE 4

Prue savait que c'était un rêve. Pourtant jamais aucun rêve ne lui avait paru aussi réel. Elle se tenait sur le balcon de la demeure de Lloyd Claiborne. Une légère brise la fit frissonner.

Inutile de se demander pourquoi elle était chez Claiborne. C'était là, dans cette maison, qu'elle avait reçu l'incroyable baiser. Elle voulait en retrouver le goût.

Prue vit l'aube poindre à l'horizon ; le soleil effleura l'eau en miroitant au contact des vagues formées par la brise. Le Jour de l'An ne pouvait mieux commencer, songea-t-elle. Prue pénétra dans la maison.

Elle descendit l'escalier de marbre jusqu'à la mezzanine qui surplombait le premier étage. Dans ce demi-sommeil peut-être serait-elle capable de retrouver celui qui se cachait derrière ce baiser, à l'endroit même où il l'avait embrassée pour la première fois.

Quelqu'un la prit par la taille. Aucun doute, celui qui l'avait enflammée était là. Elle allait enfin savoir de qui il s'agissait. Voir son visage, ses yeux, son sourire. Découvrir tout sur lui. Elle voulut se retourner.

— Non, murmura-t-il, pas encore !

Il souleva sa chevelure noire, et ses lèvres vinrent se poser sur son cou.

— De toutes les merveilles des siècles passés que j'ai pu contempler, tu es la plus belle. C'est comme si j'avais attendu toute ma vie pour te rencontrer. Ton baiser me donne vie, murmura-t-il, en lui mordillant la nuque.

Les ombres projetées par son habit à capuche dissimulaient son visage. Prue voulut enlever le vêtement, mais elle savait bien que le rêve — et lui avec — s'évanouirait si elle tentait ce geste.

— Me reconnais-tu ? demanda-t-il.

— Uniquement à ton baiser.

— Il doit en être ainsi, affirma-t-il.

En tenant son visage entre ses paumes, il l'attira dans l'ombre. Il approcha sa bouche de la sienne. Elle l'enlaça en pressant son corps contre le sien. Elle rêvait de l'embrasser pour l'éternité.

Il lui avait déclaré que son baiser lui donnait vie. Il avait besoin d'elle. Plus rien d'autre dans sa vie n'avait d'importance.

Bien plus tard ce matin-là, Phoebe, assise à la table de la cuisine, gribouillait sur un morceau de papier : elle essayait de trouver quelque chose à faire en ce Jour de l'An. Mais elle ne pouvait s'empêcher de repenser à l'étrange attitude de Prue la nuit précédente.

Elle a peut-être simplement été prise par l'ambiance, se dit-elle. *Après tout, il y a beaucoup de gens qui perdent la tête dans ce genre d'occasion.*

Phoebe secoua la tête. *Pauvre Robert!*

Elle se redressa en entendant des pas dans l'escalier.

Piper entra dans la pièce en traînant des pieds et s'écroula sur une chaise. Elle gémit :

— Oh ! Mes pauvres pieds. Je n'ai jamais autant dansé de toute ma vie !

— Je me demande dans quel état est Prue ce matin. D'habitude, elle ne dort pas si tard, remarqua Phoebe.

Piper se pencha en avant, les sourcils froncés.

— Qu'est-ce qui lui a pris hier soir ? Je l'ai vue embrasser un tas de types qu'elle ne connaissait absolument pas !

— Moi aussi, j'ai trouvé ça bizarre, pour ne pas dire déplacé ! Elle avait demandé à Robert de l'attendre, ce qu'il a fait. Mais elle était trop occupée à embrasser tous les hommes qui se présentaient ! Alors, Robert a fini par partir...

— Elle le regrettera sans doute, reprit Piper. Et elle va avoir un de ces chocs quand elle va se réveiller ! (Elle tendit le bras pour attraper la boîte de beignets tout en s'asseyant sur la table.) Je vois qu'on prend un petit déjeuner consistant, ce matin !

— Je me suis dit qu'il fallait commencer l'année en beauté ! pouffa Phoebe. (Elle se demandait comment la soirée s'était terminée pour Piper et sa nouvelle conquête.) Jake est super-mignon. Tu vas le revoir ?

— Justement, nous devons sortir ensemble cette semaine.

— C'est génial ! s'écria Phoebe.

Piper avait fui les hommes après son échec avec Jeremy. Ce que Phoebe comprenait parfaitement, mais elle était ravie de voir que sa sœur était prête à accorder sa chance à Jake. Phoebe avait l'impression que cela pouvait marcher entre eux.

— Ce sera génial... Pourvu que ce ne soit pas un sorcier ! grimaça Piper.

Elle plaisantait, mais Phoebe saisit une nuance d'angoisse dans sa voix.

— Ça ira, Piper, la rassura Phoebe, en espérant ardemment ne pas se tromper.

Sa sœur avait déjà vécu une terrible expérience. Inutile de remettre cela !

— Tu n'as pas eu de prémonition quand il t'a embrassée sur la joue hier soir ? demanda Piper.

— Je t'ai vue toute vêtue de blanc... à ses côtés dans une église, déclara Phoebe en louchant.

Piper tapa gentiment sur le bras de sa sœur :

— Tu inventes !

— Oui. Désolée ! Pas de vision. Ou plutôt pas encore !

Piper attrapa le papier que sa sœur griffonnait.

— Qu'est-ce que c'est ?

— Oh ! Je m'amusais juste un peu ! répondit Phoebe, embarrassée.

Elle adorait dessiner, elle avait même envisagé de faire une école d'arts plastiques pendant un moment, puis elle avait pris une autre direction. Elle ne savait même plus pour quelle raison.

— Tu appelles ça t'amuser ? C'est fantastique, Phoebe. J'ignorais que tu étais aussi douée ! s'exclama Piper.

— Cela m'aide à me concentrer quand j'essaie d'éclaircir une situation, reprit Phoebe.

— Eh bien ! J'ai besoin d'une nouvelle ligne de papeterie pour le *Quake*. Je cherche un artiste qui soit dans mes moyens, mais pour l'instant je n'ai pas eu de chance. Est-ce que cela t'intéresserait ?

Excitée par la proposition, Phoebe agrippa le bras de Piper.

— Ça me plairait beaucoup. Eh ! Peut-être qu'Elena avait raison et que l'argent va pleuvoir !

— J'espérais que tu le ferais gratuitement. (Piper esquissa un sourire.) Tu sais, entre sœurs !

— Et si on s'associait ? (À l'idée d'un échange de bons procédés avec sa sœur, Phoebe ne tenait plus en place.) Tu pourrais t'occuper de ma lessive pendant une semaine. Et puis, c'est un début... J'aurais quelque chose à mettre dans mon book si jamais je décidais vraiment de devenir artiste.

— Tu sais, Phoebe, il serait temps que tu saches que faire de ta vie, lui serina sa sœur.

— Est-ce qu'on sait jamais ce qu'on veut faire de sa vie ? assena Prue qui venait d'entrer dans la cuisine pour se servir un bol de café.

Phoebe et Piper échangèrent un regard.

— Hier, tu savais, toi ! lui rappela Phoebe. Je croyais que tu voulais te concentrer sur ta carrière.

— C'était hier, commenta Prue en prenant place à table.

— Et aujourd'hui, sur quoi te concentres-tu ? Ou peut-être devrais-je plutôt dire *sur qui* ?

— Oui, au fait, ajouta Piper, tu ne voulais pas t'engager avec Robert, et puis tu l'as amené au *Quake*. Pour finir, tu l'as ignoré ! C'est quoi, ce cirque ?

Prue haussa les épaules et baissa le nez dans son bol :

— Robert est vraiment sympa, mais…

— Mais quoi ? insista Phoebe.

Prue avala une gorgée de café puis s'éclaircit la voix.

— Hier soir, à la fête chez Claiborne, les lumières se sont éteintes à minuit. Un homme m'a embrassée et ç'a été le baiser le plus incroyable de ma vie.

Phoebe jeta un regard à Piper. Elles étaient aussi embarrassées l'une que l'autre. Pourquoi Prue ne leur en avait-elle pas parlé la veille ?

— Un homme ? Quel homme ? la pressa Phoebe.

— Justement ! confia Prue. Je ne sais pas qui c'est. Quand les lumières se sont rallumées, j'ai ouvert les yeux et il avait disparu. J'ai pensé que c'était « le fantôme de minuit ».

— Très drôle, ton histoire ! s'esclaffa Piper. (Puis elle fixa Prue avec attention.) Tu n'es pas sérieuse, n'est-ce pas ?

— Je sais que cela peut paraître stupide, mais je ne sais pas quel autre nom lui donner !

— Attends une minute, rétorqua Phoebe, tout ça ne tient pas debout ! Robert t'a accompagnée depuis la soirée de Claiborne jusqu'au *Quake*. Il m'a même raconté que vous vous étiez embrassés chez Claiborne. Comment se fait-il que ce ne soit pas lui, ton « fantôme de minuit », il est superbe et charmant !

Prue secoua la tête.

— Il ne m'a pas embrassée à minuit. On était en train de parler, mais il s'est éloigné au moment précis où la lumière s'est éteinte. Et quand tout s'est rallumé, il y avait plein de monde entre lui et moi. Je suis persuadée que ce n'était pas lui.

— Cependant, il t'a *bel et bien* embrassée ! lui fit remarquer Phoebe.

Prue hocha la tête :

— Oui, un peu plus tard, mais le baiser de Robert n'avait vraiment rien à voir ; il était tendre et doux. Le baiser de minuit était… insensé ! Je suis incapable de vous le décrire. C'était tellement… magique !

Phoebe observa sa sœur, sourcils froncés :

— Mais quand la lumière s'est rallumée, ce type aurait dû être devant toi, non ?

— Non, il n'y avait personne ! Il a certainement dû s'éclipser.

— Par timidité ? suggéra Piper.

— Croyez-moi, insista Prue, il était tout sauf timide !

— Alors, pourquoi est-il parti ? insista Phoebe, de plus en plus perplexe.

— Qui sait ? fit Prue songeuse. Mais moi, je veux savoir qui il est. Ce matin, j'ai rêvé qu'il m'embrassait chez Claiborne. Je ne voyais pas son visage, mais son baiser était inouï ! Le rêve était tellement réel ! J'ai eu le sentiment de me retrouver dans un autre monde.

— Pas étonnant que tu aies dormi si tard ! lâcha Piper. Voilà un rêve dont on voudrait ne jamais s'éveiller !

Prue, résignée, poussa un gros soupir :

— Mais je me suis réveillée… (Elle demeura à la fenêtre un bon moment, puis se tourna vers ses sœurs.) Je sais, on ne s'est pas beaucoup vues hier soir et il fait si beau aujourd'hui, si on en profitait pour pique-niquer dans le parc du Golden Gate ?

— Bonne idée, s'exclama Phoebe. (Elle adorait pique-niquer, mais un détail la tracassait.) Évidemment, tu nous aurais vues davantage si tu n'avais pas passé ton temps à embrasser les inconnus au *Quake* !

— Je ne les ai pas tous embrassés, dit-elle avec désinvolture. Seulement ceux qui étaient mignons !

Phoebe remarqua l'air consterné de Piper ; elle était sûre que sa sœur avait la même pensée qu'elle. *Est-ce bien notre Prue qui s'exprime ainsi ?*

Piper admirait le ciel clair et bleu de cet après-midi-là, à travers la fenêtre de la cuisine. C'était une chaude et délicieuse journée de janvier, une merveilleuse façon de commencer l'année. La suggestion de Prue d'aller pique-niquer dans le parc du Golden Gate était bienvenue.

Prue et Phoebe discutaient en préparant les sandwiches, mais leur conversation ne l'intéressait pas. Elle remuait d'un air absent la bouteille de limonade qu'elles avaient prévu d'emporter, l'esprit occupé par Jake.

Comme cela avait été agréable de parler et de danser avec lui, et tout simplement de le dévorer des yeux. Si seulement Billy ne les avait pas dérangés quand il s'apprêtait à l'embrasser, la soirée aurait été parfaite !

Enfin, Jake l'avait conviée à la première d'un film réalisé à San Francisco dont il avait fait les décors.

Elle se dit que la tenue en soie mauve qu'elle venait de commander par correspondance serait parfaite pour la première. Elle ressemblait à celle que les stars portaient lors des premières à Hollywood. *Cela conviendra-t-il pour San Francisco ?* se demanda-t-elle. *Il faudra bien…*

La sonnerie du téléphone la tira de ses pensées.

— Allô ?

— Bonne et heureuse année, Piper ! déclara Robert. Comment ça va ?

— Ça va très bien !

Tout sourires, elle s'appuya contre le comptoir, leva les sourcils pour interroger Prue en désignant le téléphone tout en murmurant : « Robert ! »

— Est-ce que Prue est là ? demanda-t-il.

Prue secoua la tête avec véhémence et agita les mains dans tous les sens. Piper ne comprenait pas la réaction de sa sœur, mais elle s'en fit l'alliée :

— Je suis désolée, Robert, mais elle n'est pas là.

— Pourras-tu lui dire que j'ai appelé ?

— Bien sûr.

Elle lui souhaita une bonne année et raccrocha.

— C'est quoi ton problème, Prue ? l'interpella Phoebe. J'ai discuté une heure entière avec lui hier soir. Il est sympa et attentionné, bourré d'humour et plein d'élégance.

— J'ai la tête ailleurs, c'est tout ! (Prue haussa les épaules.) Je prendrais bien une douche avant d'aller au parc !

Piper et Phoebe échangèrent un regard déconcerté. De temps en temps leur sœur si raisonnable devenait complètement insensée !

Le téléphone sonna de nouveau. Piper s'empara du combiné.

— Oui ?

— Bonjour, Claire — de chez Buckland — à l'appareil. Passez-moi Prue. Elle est là ? Elle va bien ? Il faut que je lui parle. Vite !

Il y avait comme une pointe d'hystérie dans la voix de la femme.

— Une minute. Je l'appelle.

Elle passa l'appareil à Prue et recula en voyant sa sœur lui faire les gros yeux.

— Du calme, Claire, je vais bien.

— Qu'est-ce qui se passe ? murmura Phoebe à l'oreille de Piper.

— C'est la patronne de Prue, répondit Piper. On dirait qu'elle fait une dépression nerveuse !

Piper entendit sa sœur rassurer Claire : « J'y serai, ne vous inquiétez pas ! » et elle raccrocha.

— Qu'est-ce qui lui arrive ? demanda-t-elle. Elle avait vraiment l'air bizarre.

— Un gros client doit nous rendre visite. Je suis chargée d'organiser la réunion. Claire voulait être sûre que je serai là demain.

— Pourquoi n'y serais-tu pas ? interrogea Piper.

— Quelques invités ont été pris d'un malaise violent à la soirée de Claiborne, leur expliqua Prue, on ne sait pas quelle en est la cause. Les symptômes sont graves et extrêmement violents. Ils sont tous hospitalisés.

Prue observait Piper lancer le frisbee à Phoebe. Le pique-nique avait été parfait, elles avaient paressé à souhait. Elles s'étaient régalées, le temps était idéal et elles avaient évoqué des souvenirs qu'elles pensaient avoir complètement oubliés ! Par exemple, de leur professeur d'histoire au collège qui était dyslexique et qui avait réussi à les convaincre que la guerre de Sécession avait eu lieu en 1680 ! Ou de Phoebe qui avait séché les cours à douze ans pour aller demander un autographe à un chanteur dont le concert avait finalement été annulé ! Et aussi de Ted, l'ours en peluche de Prue, grâce auquel elle avait gagné un abonnement gratuit à un magazine !

— Et pendant des années, sourit Prue, j'ai reçu des magazines de golf adressés à M. Ted Halliwell !

— Je m'en souviens ! Et est-ce qu'il n'avait pas reçu une petite boîte de balles et des chaussures de golf ? J'étais persuadée qu'il allait participer à un tournoi...

Prue sourit à l'évocation de tous ces bons moments. *On devrait passer plus de temps ensemble. Ce sera ma bonne résolution pour la nouvelle année, voir davantage mes sœurs*, se promit-elle.

Le frisbee monta vers elle, obliqua et arriva haut au-dessus de sa tête.

Prue sauta pour l'attraper, mais il lui échappa. Elle s'étala sur la pelouse, puis elle se redressa en plantant ses mains sur ses hanches.

— Tu me prends pour qui ? Michael Jordan ? cria-t-elle à Piper.

— Dépêche-toi ! Rapporte-le, Prue ! hurla Phoebe.

Prue lui fit les gros yeux et courut après le frisbee. Il avait atterri près d'une allée où des types faisaient du skateboard. Elle freina sa course et les observa, fascinée par leur adresse. L'un d'eux était particulièrement doué. Il s'élança pour sauter, fit un tour sur lui-même et retomba au sol en un atterrissage parfait.

Elle n'avait jamais été attirée par le skateboard, mais par ce type, si ! Il sourit à belles dents quand il vit que Prue le regardait, et il enchaîna une série de tours et de sauts incroyables. Elle comprit que ce spectacle s'adressait à elle et se sentit flattée. D'habitude, ce genre de manifestation intempestive l'agaçait prodigieusement. Cette fois, elle était comme hypnotisée. Elle sentit son corps devenir incandescent et ses lèvres se mirent à picoter. Le désir d'un baiser montait en elle.

Le jeune homme avait terminé sa démonstration. Prue applaudit. Il appuya d'un pied sur son skateboard et le récupéra avec adresse. Il s'approcha alors nonchalamment de Prue.

— Salut, ça va ? lança-t-il avec désinvolture.

— À toi de me le dire, jeta-t-elle d'une voix basse et gutturale, tout en emprisonnant son visage entre ses mains pour l'embrasser avec fougue.

Elle entendit à peine Phoebe l'interpeller, visiblement choquée.

Calme-toi. Il est inoffensif, songea Prue.

Elle se détacha du gars au skateboard et eut un choc quand elle jeta un coup d'œil à son visage. Un nuage de brume se forma devant ses yeux, exactement comme la veille quand elle avait embrassé les autres !

Elle recula d'effroi en voyant la peau du jeune homme se rider et se tendre au niveau des pommettes. Ses joues se creusèrent tant qu'elle vit se dessiner sa mâchoire. Ses lèvres se rétractèrent en révélant les gencives. Il gémit tandis que sa langue noircie pendait hors de sa bouche.

Prue recula encore, les yeux clos. *Que se passe-t-il ?* se demanda-t-elle. *Pourquoi ces visions ?*

Elle rouvrit les yeux, soulagée de voir que le skateboarder avait retrouvé le sourire et paraissait en pleine santé — tout à fait adorable ! Elle s'approcha pour l'embrasser encore.

Cette fois, elle entendit Phoebe et Piper s'écrier en chœur :

— Prue !

C'est quoi, leur problème ? pensa-t-elle, furieuse.

Elle se pencha un peu en arrière. De nouveau, la fumée. Le visage pâle et émacié du garçon était pire qu'auparavant. Ses lèvres plus sombres et couvertes de cloques. La puanteur de sa peau en train de rôtir lui monta aux narines. Sa peau et ses muscles desséchés se détachaient de son front, de ses joues et de son nez en lambeaux ensanglantés, qui les uns après les autres révélaient son ossature. Pour finir, ses os se mirent à s'effriter et à voler au vent comme des grains de sable dans le désert.

Prue se recula pour fuir, cherchant sa respiration. Elle venait d'être frappée par une terrifiante révélation. *J'ai embrassé la Mort !*

CHAPITRE 5

— Pourquoi tu me regardes comme ça ? demanda le jeune skateboarder à Prue.

Dégoûtée, Prue ferma les yeux et secoua la tête.

— Je… Je suis désolée, réussit-elle enfin à articuler.

— Pas moi ! s'exclama-t-il. Tu me donnes ton numéro de téléphone ?

Elle rouvrit les yeux. Il avait l'air tout à fait normal. Un frisson lui parcourait encore le dos. Que se passait-il ?

— Je… Je ne donne pas mon numéro de téléphone, bafouilla Prue.

Il fronça les sourcils, légèrement gêné.

— Eh bien, si tu changes d'avis, tu me trouveras dans le coin, j'y suis souvent.

Son skateboard heurta le trottoir en un vacarme assourdissant. Il sauta dessus et s'éloigna.

Prue poussa un soupir de soulagement en le voyant rejoindre ses copains. Ils lui tapèrent dans le dos comme s'il venait d'accomplir un petit exploit.

Il était nettement plus jeune qu'elle et elle l'avait embrassé en s'abandonnant sauvagement.

Pourquoi cette horrible image surgit-elle chaque fois que j'embrasse quelqu'un ? Quand tout cela a-t-il commencé ? Prue n'était plus très sûre... *Au* Quake, songea-t-elle. *C'est au* Quake *que cela a commencé ! Je pensais que c'était dû au champagne, mais aujourd'hui je n'ai rien bu du tout.*

Elle frissonnait, incapable de calmer ce sinistre sentiment de terreur qui lui donnait le tournis. Elle se toucha le front, soudain saisie par une grande lassitude. *Peut-être que c'est la grippe ou quelque chose comme ça.*

Elle se baissa pour ramasser le frisbee dans l'herbe et revint lentement vers ses sœurs.

— Qu'est-ce que tu as fabriqué ? demanda Phoebe. Comment as-tu pu embrasser un parfait étranger ?

— Ça ne l'a pas embêté ! D'ailleurs, ce ne sont pas tes affaires ! Je...

Prue s'interrompit, épouvantée. D'où venait cette dureté dans sa voix ?

Elle tenta de rassembler ses esprits. Sa tête ne semblait pas vouloir coopérer. *Mais qu'est-ce qui m'arrive ? Je ne parviens plus à me concentrer. Je ne fais que penser à ce baiser de minuit. Et je rêve de recommencer.*

— Prue, est-ce que ça va ? dit Phoebe d'un ton préoccupé.

— Je ne peux pas expliquer ce qui m'arrive. Je vois un type mignon, et aussitôt j'ai une envie folle de l'embrasser.

Prue était bien incapable de décrire ce qui se passait exactement en elle. Cela prenait une tournure obsessionnelle.

— Pour le Nouvel An, je comprends, commenta Phoebe, tout le monde embrassait tout le monde. Les gens se laissent aller pour l'occasion. Mais ce garçon sur son skateboard...

— Ça ne t'est jamais arrivé de faire quelque chose que tu regrettes ? s'enquit Prue.

— On a tous fait un jour des choses qu'on regrette, la rassura Piper.

— Comme la fois où je suis sortie avec celui qui voulait absolument s'habiller de cuir en plein été ? plaisanta Phoebe.

Piper pouffa et se pinça le nez, l'air dégoûté.

Désappointée de voir ses sœurs glousser, Prue se sentait tendue. Rire était vraiment la dernière chose dont elle avait besoin ! Ce qu'il lui fallait, c'était un autre baiser. Elle ne pensait qu'à ça. L'intensité de son obsession l'effrayait.

Elle regarda fixement ses sœurs.

— Cela va vous paraître très bizarre, mais c'est comme si j'étais... sous la dépendance des baisers, déclara-t-elle.

— Prue, les gens sont sous la dépendance de la drogue ou de l'alcool, lui fit remarquer Piper. Pas des baisers !

— Tu crois que je ne le sais pas ? s'écria Prue, prise de vertige.

Elle avait beau faire des efforts pour se concentrer, ses pensées étaient toujours les mêmes. *Embrasse quelqu'un d'autre. Trouve quelqu'un d'autre.*

— Prue, tu n'avais pas l'air heureuse de bécoter ce type au skateboard, reprit Phoebe.

— Ce n'est pas ça, fit Prue en prenant sa sœur par le bras. Quand j'*arrête* d'embrasser, je suis prise de regrets. C'est alors que je me dis que je n'aurais jamais dû !

— Alors pourquoi le faire ? insista Phoebe.

— Je n'en sais rien ! Je sais juste qu'il le faut ! hurla Prue. Et j'embrasserai qui je veux, *quand* je veux !

Choquée par ses propres paroles, Prue recula. Ses sœurs la regardaient comme si elle avait perdu la raison.

— Prue, qu'est-ce qui ne va pas ? demanda Piper, inquiète.

— Rien, dit-elle d'un ton cassant, vous ne comprenez pas, c'est tout !

Elle leur envoya le frisbee et commença à s'éloigner. Elle en avait assez de ses sœurs, assez de leur expliquer ce qu'elle ressentait. De toute façon, ça ne les regardait pas !

Enfin, ça les concerne tout de même, pensa-t-elle. *Je veux qu'elles comprennent pour pouvoir m'aider à saisir ce qui se passe. Je dois leur parler des visions — mais plus tard. D'abord, un autre baiser.*

Deux jours plus tard, Piper raccrochait le téléphone, les mains tremblantes. Elle regardait par la fenêtre, suivant vaguement la conversation de Prue et de Phoebe qui prenaient leur petit déjeuner.

Pauvres gens, pensait-elle, *faites qu'ils aillent mieux. S'il vous plaît, faites qu'ils guérissent, je vous en supplie !*

— Eh, Piper, quelque chose qui cloche ? demanda Prue. Qui était-ce au téléphone ? Tu es livide !

Une terrible angoisse et un sentiment de culpabilité s'emparèrent de Piper. *Est-ce que c'est ma faute ?* se demandait-elle.

— C'était le propriétaire du *Quake*, expliqua-t-elle, plusieurs personnes qui se trouvaient au réveillon sont à l'hôpital. Ils sont vraiment mal en point. Le Bureau de la Santé mène l'enquête au restaurant.

— Pourquoi le Bureau de la Santé fait-il une enquête ? répliqua Phoebe, visiblement assommée par la nouvelle.

Soucieuse, Piper gardait les yeux fermés, tentant d'encaisser le choc infligé par les paroles du propriétaire. *Il pourrait me licencier*, réalisa-t-elle. *Peut-être que je mérite d'être renvoyée.*

— C'est leur boulot, expliqua-t-elle d'une voix blanche. Même si les gens qui sont à l'hôpital ne présentent pas les symptômes d'un empoisonnement alimentaire : ils n'ont ni maux de ventre ni fièvre. (Elle secoua la tête avec véhémence.) Je ne comprends pas ce qui a pu se produire. La nourriture ne peut pas être en cause. Nous utilisons des produits frais et je veille à ce que les employés se lavent les mains avant de toucher les aliments.

Phoebe se précipita vers Piper et la serra dans ses bras.

— Ce n'est pas ta faute, la rassura-t-elle, parfois on livre aux restaurants des produits avariés.

Mais Piper continuait à se sentir coupable. Elle était la patronne. Et puis, il y avait pire, les malades n'étaient pas tous des inconnus.

— Billy aussi est malade, se lamenta-t-elle.

— Ton second ? demanda Prue.

Piper acquiesça, une douleur sourde à la poitrine. Billy goûtait toujours les plats qu'il préparait. Peut-être la viande de bœuf ou les coquillages étaient-ils avariés ?

— Il est à l'hôpital, confirma-t-elle.

Prue se leva de table, traversa la cuisine et mit son bras autour des épaules de Piper.

— Ne t'inquiète pas. Tu n'y peux rien. Ils guériront.

— Et puis ce soir, c'est le grand soir, souffla Phoebe en souriant. Ton premier rendez-vous avec Jake.

— Et il t'emmène à une première ! Je peux me glisser dans ton sac ? Il paraît que c'est un excellent film, plaisanta Prue.

Piper se força à rire alors qu'elle avait envie de pleurer en pensant à tous ces pauvres malades.

— Je croyais qu'on n'avait pas le droit de se servir de nos pouvoirs à des fins personnelles... rapetisser quelqu'un, par exemple.

La sonnette de la porte d'entrée retentit.

— J'y vais, dit-elle, c'est peut-être la livraison de ma tenue pour ce soir.

Un type maigre aux cheveux gras se tenait sur le seuil. Il portait d'épais verres de lunettes et un uniforme gris, et arborait un sourire idiot. On aurait dit un chiot totalement angoissé en manque d'affection.

— J'ai un colis pour Piper Halliwell, annonça-t-il d'une voix profonde, qu'il voulait virile.

— Ça doit être moi ! dit-elle en lui arrachant le paquet des mains pour voir l'adresse de l'expéditeur.

C'était bien son ensemble ! Elle voulait être spectaculaire au bras de Jake. « Irrésistible » ferait aussi l'affaire !

— Vous devez signer ici, indiqua le livreur en lui tendant un registre.

Piper posa son paquet et signa.

— Salut, beau mec !

Étonnée, elle leva la tête au son de la voix de Prue.

Beau mec ? s'étonna Piper. *Depuis quand traduit-on mocheté par beau mec ?*

Tétanisée, elle vit sa sœur prendre le visage du type entre ses mains et poser ses lèvres sur les siennes !

Est-ce que Prue est devenue complètement dingue ? se demanda-t-elle, stupéfaite.

Piper ne quittait pas sa sœur des yeux. L'inconnu se dégagea enfin, l'air hébété et affolé.

Il arracha le registre des mains de Piper et se précipita dans sa camionnette.

Prue s'effondra contre la porte, les yeux clos, une ride profonde creusée sur son front.

— Tu es devenue cinglée ? Tu ne vas tout de même pas me faire croire qu'il était mignon, celui-là ?

Prue rouvrit les yeux. Piper vit la confusion s'afficher sur son visage tandis qu'elle secouait la tête.

— Non, il ne l'était pas.

— Alors, pourquoi l'as-tu embrassé ?

— Je ne sais pas, répondit-elle en haussant les épaules.

Soudain elle se raidit, secoua encore la tête et sourit.

— Je crois que j'avais juste besoin d'un baiser, et il était disponible. Bon, il faut que j'aille au boulot. À plus tard !

Prue se dirigea vers sa voiture comme si de rien n'était, y monta et démarra.

Que lui arrive-t-il ? s'interrogea Piper. *C'est comme si je parlais à deux Prue différentes.*

— Ce n'est pas vrai ! Je me trompe ! Je ne l'ai pas vue embrasser ce livreur ? demanda Phoebe.

— J'aimerais bien t'affirmer que tu hallucines ! Mais je mentirais, répliqua Piper, encore sous le choc. C'était si étrange. Si tu avais vu sa tête après ce baiser ! On aurait dit qu'elle agissait contre son gré.

— Ce qui se passe est vraiment bizarre ! ajouta Phoebe. Ça ne ressemble pas à la Prue que nous connaissons et que nous aimons !

— Je suis inquiète pour elle, reconnut Piper. J'ai eu l'impression de parler à une étrangère.

Piper jeta un coup d'œil à sa montre et grimaça :

— Ouh ! Il faut que j'aille au *Quake* voir quelles sont les conclusions du Bureau de la Santé. Je parie qu'il va falloir que je réponde à un million de questions ! (Elle pressa la main de Phoebe.) Nous devons découvrir ce qui ne va pas chez Prue, OK ?

— Peut-être qu'elle traverse la crise de l'âge mûr ? suggéra Phoebe.

— À vingt-sept ans, ça m'étonnerait !

Piper rejoignit sa voiture, saisie par un sinistre pressentiment en repensant à l'expression du visage de Prue avant et après le baiser. *Du dégoût*, pensa-t-elle, *Prue n'avait pas envie d'embrasser le livreur. Elle n'en a éprouvé aucun plaisir. Alors pourquoi l'a-t-elle fait ?*

Piper avait beau tourner le problème dans tous les sens, elle ne voyait aucune explication. Ce qui arrivait à sa sœur était réellement très grave.

Phoebe faisait les cent pas dans la maison vide, préoccupée par l'étrange comportement de Prue.

Elle mettait sur le compte de l'ambiance du Nouvel An ce qui s'était produit au *Quake*. Mais que dire à propos du skateboarder ? Et du livreur supermoche ?

Elle débarrassa la table de la cuisine, mit les assiettes sales dans le lave-vaisselle et commença à essuyer le comptoir. Elle souleva paresseusement le bloc où étaient notés les messages téléphoniques lorsqu'un mot attira son attention : « Robert. »

Elle lut la suite du message : « Prue, Robert a appelé. Il a des billets pour aller au théâtre vendredi soir. Il veut savoir si tu es d'accord pour l'accompagner. Mon conseil — que tu en tiennes compte ou pas — c'est de lui répondre oui, trois fois oui ! Il te rappelle. Signé : Piper. »

Phoebe fit courir ses doigts sur les mots. Robert. Prue l'avait invité à la soirée au *Quake* et l'avait laissé tomber pour aller embrasser d'autres hommes.

Elle se rappelait que le Français lui avait confié qu'il avait fait tout ce qui était en son pouvoir pour attirer l'attention de Prue. *Tout ce qui était en son pouvoir.* Qu'est-ce que cela signifiait ? Dans un monde normal, peut-être des fleurs, des poèmes, de la musique douce et des bougies. Mais dans leur monde... Elle ne put s'empêcher de penser aux maléfices, aux potions et aux incantations.

Pourquoi Robert avait-il conservé le champagne de Prue ? S'était-il débrouillé d'une façon ou d'une autre pour verser quelque chose dans son verre ? Une potion aphrodisiaque qui n'aurait pas eu l'effet escompté ?

Elle fulmina à l'idée qu'il puisse appartenir à leur monde. Elle essaya de se persuader qu'elle avait tort, que c'était quelqu'un de bien. Mais l'image de

Robert en train de verser le contenu du verre de Prue dans la bouteille et le sentiment de malaise qu'elle avait éprouvé alors continuaient à la tarauder.

Elle traversa rapidement la cuisine et gravit les marches qui menaient au grenier. Elle poussa violemment la porte puis s'avança jusqu'au pupitre sur lequel reposait *Le Livre des Ombres.*

Elle imposa ses mains sur l'épais livre relié de cuir et ferma les yeux, espérant une vision, un signe qui lui indiquerait le passage à consulter pour obtenir des réponses. Rien ne vint.

— Bien ! Alors faisons autrement, marmonna-t-elle en l'ouvrant et en commençant à feuilleter maladroitement les pages.

Il est impossible que Robert fasse partie de notre monde, se dit-elle, *je ne le veux pas.*

— Il est arrivé quelque chose à Prue le soir du Nouvel An, grommela-t-elle pour elle-même. Quelque chose qui expliquerait qu'elle ne pense plus qu'à embrasser les hommes. Mais quoi ?

Le problème avec la magie, c'était sa complexité. Les maléfices et les charmes dont pouvait user tel ou tel sorcier étaient innombrables. Et du coup, beaucoup d'erreurs étaient possibles. Un mot écorché, un ingrédient malvenu, et un sort favorable pouvait devenir négatif. Phoebe cessa de tourner les pages, frappée par l'expression « doux baisers ». Prue avait raconté que le baiser de Robert était doux, se souvint Phoebe. Il était moins passionné que celui de minuit.

Phoebe lut lentement l'incantation :

Pour que de doux baisers deviennent passionnels
Il vous faut agir volontiers avec miel.
Armé d'une potion plus douce que le vin,
Vous ne transformez pas votre amour en vain.
Mais prudence, car si vous échouez
Toute votre vie vous vous en voudrez
Car ce sortilège jamais ne pourrez délier.

— Un sortilège d'amour qui implique une potion ! frissonna Phoebe.

Robert avait dit qu'il avait fait tout ce qui était en son pouvoir pour séduire Prue. Les choses n'avaient pas tourné comme il l'entendait. Ensuite, il avait emporté le champagne de Prue.

Est-ce que c'était pour le boire toi-même, Robert ? Ou est-ce qu'il contenait quelque chose que tu voulais que personne d'autre n'avale ?

À cette idée, elle fut prise de nausée. Elle referma *Le Livre des Ombres* et posa sa tête dessus. Un sentiment d'angoisse s'empara d'elle. Robert n'était peut-être pas le gentil garçon qu'il semblait être. *S'il a utilisé ce sort, c'est qu'il s'y connaît en magie*, fut-elle obligée d'admettre.

Un sentiment encore bien pire l'oppressa soudain. *S'il a utilisé ses pouvoirs contre Prue, c'est probablement un sorcier !*

CHAPITRE 6

Malgré la présence de Jack à ses côtés, Piper, dans sa tenue mauve foncé, traversait un moment difficile. Elle était à l'hôpital, où Billy luttait pour rester en vie.

Elle avait voulu lui rendre visite plus tôt, mais le Bureau de la Santé l'avait retenue toute la journée. Aussi quand Jack était venu la chercher pour leur soirée lui avait-elle demandé de faire un détour par l'hôpital.

Elle contemplait Jack dans son smoking noir. Il ne cessait de la surprendre. *Non seulement il est absolument magnifique, mais en plus c'est l'un des plus gentils garçons que j'aie jamais rencontrés*, songea-t-elle en lui serrant la main.

— Merci d'avoir accepté de m'accompagner ici.

— Pas de problème, répliqua-t-il, un sourire un peu forcé aux lèvres.

Quelque chose dans le ton de sa voix sonnait faux.

— J'ai pourtant l'impression qu'il y a un problème, dit-elle.

— J'essaie juste de comprendre la nature de ta relation avec Billy. Le soir du réveillon, il avait l'air de compter à tes yeux. Je me demande jusqu'à quel point.

— Tu es jaloux ?

Il haussa les épaules.

— Oui, je crois que oui.

— Billy et moi, nous sommes juste amis, le rassura-t-elle.

— Alors, je suis vraiment totalement nul ! dit-il en soupirant, les yeux rivés au sol.

— Je te trouve très bien.

Il croisa son regard et elle lui adressa un grand sourire.

— Je dois te plaire puisque tu es jaloux !

— Tu me plais beaucoup, Piper, répondit-il en soutenant son regard.

— On ne restera pas longtemps, c'est promis.

Elle entra dans la chambre sur la pointe des pieds en lui tenant la main. Un rideau entourait le lit de Billy. Elle le tira, et son cœur se serra à la vue de son second. Terriblement amaigri, il avait des cernes autour des yeux et le teint grisâtre.

Sa main était glacée et inerte. Elle savait que ce n'était pas bon signe.

— Oh, Billy ! murmura-t-elle.

Il ouvrit les yeux et lui adressa un faible sourire.

— Tu ne devrais pas me toucher la main, Piper. Ils ne savent pas ce que j'ai. C'est peut-être contagieux.

— Dans ce cas, ils ne m'auraient pas laissée te voir.

Elle repoussa ses cheveux de son front trempé de sueur.

— Est-ce que tu souffres ?

— Je suis juste fatigué. Merci pour les fleurs, j'aurais bien aimé pouvoir les sentir.

Elle lança un regard au bouquet de roses sur la table près de son lit.

— J'imagine que c'est un peu bête d'envoyer des fleurs à un homme. Demain je t'apporterai quelque chose de bon à te mettre sous la dent.

— Tu es magnifique, dit doucement Billy.

Elle désigna Jake qui était derrière elle.

— Jake nous a obtenu des billets pour la première de *Désir d'une nuit d'été*. Le tournage a eu lieu en ville.

— Je me souviens, dit Billy en faisant un petit signe de tête.

Depuis leur arrivée, il semblait s'être encore affaibli et ses yeux étaient devenus plus vitreux.

— Piper, je suis désolé, mais il faut qu'on y aille, intervint Jake à voix basse.

— Je sais.

Elle serra la main de Billy.

— Je passerai te voir demain.

Il fit un très léger signe de la tête, ferma les yeux et s'endormit.

— Je me sens responsable, confia Piper à Jake quand ils eurent quitté la chambre.

— Tu n'as rien fait pour le rendre malade, ni lui ni les autres. (Il lui mit une main sur l'épaule.) Piper, ça s'est passé au *Quake*. Et j'y ai mangé, j'y ai bu du champagne. Est-ce que j'ai l'air d'être sur le point d'entrer à l'hôpital ?

Elle l'étudia de près. Il était bronzé, ses yeux pétillaient, sa voix était assurée.

— Non, en fait, tu as l'air en pleine forme.

Piper avait de la peine pour Billy, mais elle se força à sourire.

— J'ai attendu cette soirée toute la semaine.

— Vraiment ? demanda-t-il avec espoir.

— Tu plaisantes ! Je n'ai jamais été à une première auparavant !

Elle contempla l'expression chaleureuse de ses yeux, la courbure de ses lèvres, la forme de son nez. Il était la perfection même.

Une limousine blanche les attendait devant l'hôpital. Piper était tout excitée quand le chauffeur vint lui tenir la portière et que Jake et elle s'engouffrèrent à l'arrière.

— Je ne suis pas habituée à tant de luxe ! avoua-t-elle tandis que la limousine s'éloignait.

— La vie de palais a des hauts et des bas ! rétorqua-t-il, tout sourires.

— Parle-moi des bas, l'interrogea Piper.

— D'abord, je ne passe pas ma vie à me déplacer en limousine. C'est uniquement pour ce soir, je me suis dit qu'il fallait que nous fassions sensation à notre arrivée. Le quotidien n'est pas aussi brillant !

Je suis souvent devant ma planche à dessin ou mon écran d'ordinateur. Et les heures peuvent paraître interminables. La moitié du temps, le metteur en scène te décrit le décor qu'il souhaite, tu le dessines et tu le fabriques, il te fait alors comprendre que ça ne correspond pas du tout à ce qu'il avait en tête.

— Mais tu aimes ton travail ?

— Je l'adore, reconnut-il, il me fait voir les choses différemment.

— Qu'est-ce que tu veux dire ?

Jake se mit à loucher en plaçant sa main devant ses yeux comme s'il regardait dans un objectif.

— J'ai tendance à considérer n'importe quel lieu comme un décor, un endroit où une scène pourrait prendre vie. Par exemple, je parie que ce que tu vois actuellement, c'est nous deux dans une limousine !

Piper battit des paupières en regardant autour d'elle.

— Tout simplement parce que nous sommes dans une limousine !

Il se tourna et lui fit face :

— Il arrive qu'un décor soit aussi petit que l'intérieur d'une voiture. Imaginons la scène, le héros emmène l'héroïne à la première d'un film et tente de savoir si elle l'autorisera à l'embrasser avant qu'ils arrivent.

Il poussa un bouton sur le panneau à côté de lui et une musique douce envahit la voiture.

— Est-ce que le décor, l'intérieur de la voiture, doit être muni de ce bouton afin qu'il lui passe de la musique ?

Piper sourit et effleura sa main, en se disant qu'elle aurait aimé qu'il l'enlace.

— Ce bouton doit absolument faire partie du décor, affirma-t-elle.

Jake l'entoura de son bras et se rapprocha. Le cœur de Piper s'affola quand il lui caressa la joue.

— Le décor doit-il être éclairé ou dans la pénombre ? demanda-t-il.

— Dans la pénombre, souffla-t-elle.

— Alors, il y a un risque. Un tel décor pourrait inciter le héros à embrasser l'héroïne avant l'heure.

— Aucun risque, affirma Piper, elle est totalement consentante.

— Vraiment ?

Une voix intérieure suppliait : « Oui. Embrasse-moi. Embrasse-moi maintenant. »

La limousine s'arrêta devant le cinéma. Jake gémit.

— Peut-être le héros devrait-il parler un peu plus vite !

Piper éclata de rire en voyant la déception s'afficher sur son visage. Elle aussi avait envie de ce baiser. *À la fin de la soirée*, se jura-t-elle.

— Tu auras au moins préparé le décor pour le retour, plaisanta-t-elle.

— Je l'espère. (Il lui prit la main.) Viens et ne t'inquiète pas. Il va y avoir un tas de gens qui vont applaudir et des photographes qui vont s'activer comme des fous avant de comprendre que nous ne sommes pas les stars du film !

Piper respira profondément, les nerfs à vif dès qu'elle eut jeté un œil par la vitre. Jake avait raison : l'endroit était bourré de fans retenus par des barrières de sécurité. Le chauffeur ouvrit la porte et Jake sortit le premier. Puis il aida Piper à descendre de la limousine.

Les flashes crépitèrent et les caméras de télévision se mirent à tourner. Au bras de Jake, Piper avait l'impression d'être une star, quelqu'un d'important et de fascinant. Foulant le tapis rouge, elle savait qu'elle se souviendrait de cette soirée toute sa vie.

La foule se pressa au moment où les vraies vedettes apparurent. Piper se retrouva encerclée par des reporters. Elle s'accrochait au bras de Jake pour ne pas le perdre tandis qu'il fendait la foule.

Jake accéléra le pas et elle sentit qu'on tirait sur sa robe. Elle se retourna. Une très grande femme, perchée sur des talons aiguilles, piétinait sans s'en rendre compte le bord de sa longue jupe vaporeuse. Piper ne pouvait pas se libérer.

Jake tira Piper par le bras — et elle entendit un bruit sec de tissu qui se déchire. Elle essaya de l'appeler, mais dans le brouhaha de la foule, il n'entendit rien et continua à avancer.

Un autre bruit de tissu qui craque immobilisa Piper. Tout à coup, l'air frais de la nuit lui caressa les jambes. Elle baissa les yeux et poussa un cri. Elle n'avait plus de jupe !

D'un geste ample, elle tendit les mains et arrêta le temps. Les alentours du cinéma devinrent silencieux. Les appareils photo cessèrent de crépiter, les gens restèrent bouche bée, les yeux grands ouverts.

Piper contempla la pièce de tissu en soie étalée sur le sol — tout ce qui restait de la jupe qui composait sa magnifique tenue. Elle se pencha pour libérer le vêtement du talon de la femme, le prit et regarda Jake. Il avait fermé les yeux pour éviter le flash d'un appareil photo.

Il faut que je parte d'ici avant que la scène ne se dégèle, réalisa-t-elle. Pleine de regrets, elle posa sa main sur la joue de Jake.

— Je suis désolée, Jake, je ne ferai pas le trajet de retour avec toi.

Elle enroula sa jupe autour de sa taille. Les jambes tremblantes et le cœur battant, elle se mit à courir et disparut parmi les fans qui occupaient toute la rue.

Quelques secondes plus tard, elle entendit le brouhaha renaître. Le temps avait repris son cours. Piper regarda par-dessus son épaule. Elle entrevit Jake, le regard affolé, qui visiblement la cherchait partout.

Elle aurait voulu lui répondre, le rejoindre. Impossible. Pas ainsi, avec sa jupe à moitié déchirée.

Elle courut à travers la foule aussi vite qu'elle le put. La soirée magique se terminait par une fuite effrénée.

Assise à son bureau chez Buckland, Prue pivota pour regarder par la fenêtre. L'obscurité tombait sur la ville : Piper devait être à la première avec Jake à l'heure qu'il était.

Le glamour de Hollywood dans la baie de San Francisco ! Ce n'était pas exactement le style de Piper, mais Prue était certaine que sa sœur s'en tirerait très bien. Elle espérait qu'elle s'amuserait ; sa sœur en avait vraiment besoin après tout ce scandale avec le Bureau de la Santé.

Prue se remit à consulter ses gros ouvrages de référence. Cela faisait bien longtemps qu'elle ne s'était pas sentie aussi épuisée après une journée de bureau.

En principe, son travail lui donnait de l'énergie — tout particulièrement quand elle menait ce genre de recherche. Elle adorait découvrir l'histoire d'un objet d'art, imaginer les mains dans lesquelles il était passé, les endroits où il avait échoué.

Elle trouva un descriptif du type de vase qu'elle cataloguait, et resta les yeux rivés sur la page jusqu'à ce que les mots deviennent illisibles et que la pièce sombre dans l'obscurité.

Elle se dit qu'elle aurait dû rentrer chez elle, mais elle n'aimait pas prendre le volant quand elle se trouvait dans un tel état de fatigue.

Je vais fermer les yeux un petit moment, décida-t-elle. *Un petit somme, et je me sentirai mieux.*

Elle sombra dans les limbes d'un demi-sommeil, là où ses rêves devenaient réalité.

C'est alors qu'elle sentit sa présence. C'était lui. L'homme qui l'avait embrassée. Son fantôme de minuit !

Il est ici, dans cette pièce, avec moi. Et c'est la réalité ; j'entends mon cœur qui bat, mon pouls fonctionne.

Il s'approchait, sa silhouette était perceptible, même si son visage demeurait dissimulé par les ténèbres.

Elle ressentit une pointe de déception. Elle aurait voulu voir son visage. Après tout, cela n'avait pas vraiment d'importance. *Nous sommes en connexion, et rien ne peut briser ce lien.*

— Tu m'as donné vie, l'entendit-elle murmurer juste avant que sa bouche ne touche la sienne.

C'était comme un aimant dont le pouvoir l'attirait irrésistiblement. Non pas qu'elle voulût résister, mais elle sentait vraiment un courant d'énergie entre eux.

Son cœur palpitait, ses tempes battaient. Elle désirait que ce baiser dure pour l'éternité. Il se recula et elle ouvrit les yeux : il tenait une chaîne à la main, à laquelle était suspendue une émeraude. Elle blêmit. C'était la parure que Robert lui avait montrée chez Claiborne, celle qu'il devait acquérir. Comment était-elle en la possession de cet inconnu ?

Il lui passa le collier autour du cou et l'émeraude reposa sur sa gorge.

— C'est le cadeau que je t'offre, chuchota-t-il, pour la vie et pour la mort.

Prue s'éveilla, le souffle coupé. Elle posa sa main sur sa poitrine. Pas de collier, mais elle sentait une chaleur étrange — une vibration — comme si la pierre était toujours sur sa peau.

— Prue, tout va bien ?

Surprise par cette voix familière mais inattendue, elle sursauta en voyant Robert allumer sa lampe. Il était debout face à son bureau et l'étudiait avec intensité.

— Est-ce que ça va ? répéta-t-il.

Elle acquiesça en fronçant les sourcils.

— Oui, j'étais juste... un peu absente. J'étais en train de me dire qu'il commençait à faire nuit. Je ne sais pas pourquoi, je n'ai pas allumé ma lampe.

— Tu travailles trop, remarqua Robert doucement tout en posant une bouteille sur son bureau.

— Qu'est-ce que c'est que ça ?

— Le champagne du réveillon. Il n'y a probablement plus de bulles maintenant, mais je l'avais acheté pour toi. J'ai pensé que tu aurais peut-être aimé garder la bouteille — en souvenir.

Du champagne périmé, sans bulles. Y avait-il cadeau moins romantique ? Surtout si elle le comparait aux baisers de son fantôme de minuit. Elle voulait retourner à son rêve.

La présence de Robert faisait obstacle à la sensation de douce chaleur à laquelle elle avait envie de se livrer tout entière après ce qu'elle venait de vivre.

— Je n'en veux pas, rétorqua-t-elle.

Et elle lut immédiatement dans ses yeux de la souffrance.

Pourquoi ai-je dit cela ? se demanda-t-elle, prise de remords. *Il n'a fait que m'offrir un cadeau. J'aurais pu l'accepter et puis le jeter plus tard. Je n'avais pas besoin de le blesser.*

Elle réalisa tout à coup qu'elle *avait voulu* le blesser. Elle souhaitait qu'il sorte de son bureau et de sa vie ! Robert Gaillard ne lui était d'aucune utilité.

— Et puis, que fais-tu ici de toute façon ? demanda-t-elle, pleine d'impatience.

— J'avais une question à régler avec Claire et j'ai décidé de faire un petit détour par ton bureau. Tu n'as pas répondu à mes appels ? ajouta-t-il, légèrement sur la défensive.

— J'ai été occupée. Comme tu l'as fait remarquer, je travaille trop !

— Je t'ai laissé un message pour te proposer de t'emmener au théâtre vendredi soir.

— J'ai déjà quelque chose de prévu, rétorqua-t-elle vivement.

— Je vois… Ton emploi du temps, qu'il soit professionnel ou personnel, est complètement rempli !

En ce qui te concerne, pensa-t-elle, *oui !*

Elle pressa ses doigts sur ses tempes. D'où lui venait cette pensée si laide ? Robert ne l'attirait plus, mais il ne méritait pas ce genre d'attitude.

— Robert, articula-t-elle en s'efforçant d'être polie, je ne voulais pas être si rude, mais je ne vois pas où nous mène cette relation.

— On peut devenir amis, au moins, non ?

Une vague de colère monta en elle. Une part d'elle-même ne demandait qu'à céder aux sentiments de Robert, mais une autre voulait s'en débarrasser à jamais. Cela n'avait aucun sens. *C'est un type bien*, songea-t-elle. *Pourquoi est-ce que je le déteste un peu plus chaque fois que je le vois ? Parce qu'il est pathétique*, conclut-elle. *Il sait que je ne veux pas de lui et il continue à insister. Il me dégoûte.*

Prue frémit et regarda Robert à la dérobée. *Pathétique*. Pouvait-elle vraiment penser ça de lui ?

Elle aurait préféré éviter les yeux implorants du Français.

— Prue, dans quelques jours, les formalités seront terminées et j'aurai acquis le collier de Claiborne. Ensuite je devrai rentrer à Paris. Mais j'avais pensé qu'auparavant nous aurions pu dîner ensemble. Tu vois, pour célébrer mon dernier achat, pour ne pas rester sur le mauvais souvenir du réveillon...

Prue le contempla. Ce ne pouvait pas être une simple coïncidence. *D'abord je rêve du fantôme de minuit et du collier, et maintenant Robert se tient là, devant moi, et me parle du même bijou !*

Dans le tréfonds de son âme, Prue avait conscience que quelque chose de bizarre se passait. *Est-ce toi l'inconnu qui m'obsède ?* s'interrogea-t-elle. *Es-tu celui qui m'a embrassée à minuit le Jour de l'An ?*

Non, se dit-elle, se souvenant de la douceur de la bouche de Robert contre la sienne. Son baiser n'avait jamais soutenu la comparaison avec l'autre ! Cependant, elle savait que si Robert l'avait embrassée avant le fantôme, elle n'aurait pas été déçue.

L'esprit de Prue était des plus confus. *Il faut que je m'en sorte*, se dit-elle, affolée. *J'ai besoin de réfléchir et de mettre de l'ordre dans tout cela.*

Elle recula sa chaise et se leva.

— Je dois aller à une réunion.

Robert se renfrogna devant un mensonge si évident.

— À cette heure ? Je pensais t'emmener au restaurant.

— Je croyais que tu voulais aller dîner après l'acquisition du collier ?

— J'ai changé d'avis. Pourquoi pas tout de suite ? J'ai tant de choses à te raconter.

Il avait l'air si sincère qu'elle fut presque tentée d'accepter.

Mais elle savait qu'il ne fallait pas. Quelque chose chez Robert lui donnait la chair de poule. Elle ne pouvait l'expliquer.

— J'ai rendez-vous avec un client.

Elle saisit sa sacoche et sortit du bureau.

— Prue ! s'écria-t-il.

Elle décida de l'ignorer et accéléra le pas. *Je n'aime pas sa façon de me poursuivre*, pensa-t-elle.

Elle sortit de chez Buckland, rejoignit sa voiture et démarra sans savoir où aller, mais cela n'avait aucune importance. C'était si bon d'être seule.

Des images assaillirent son esprit.

Robert.

L'homme qui hantait ses rêves, toujours dissimulé dans l'ombre.

Le collier et son émeraude qui jetait des éclats de feu.

Un baiser passionnel, un baiser qui donne la vie.

Elle se sentit prise de vertige et une chaleur inattendue la terrassa. Elle se rangea sur le bas-côté à toute vitesse, effrayée à l'idée d'avoir un accident.

Elle s'efforça de penser à Robert calmement, rationnellement ; mais ses pensées étaient mises à mal par des messages de panique.

Une voix intérieure lui criait : « Il est dangereux ! » sans qu'elle sache sa provenance.

Comme en réponse, une vision de l'homme de ses rêves surgit. Dès lors, elle lâcha prise.

Elle pensa à son présent — le collier pour lequel Robert était venu à San Francisco, celui qu'il posséderait sous peu.

Robert n'était pas le fantôme, elle en était certaine. Mais pourquoi lui et l'homme de ses rêves étaient-ils tous deux liés au collier ?

CHAPITRE 7

Cette nuit-là Prue sentit encore la présence du fantôme de minuit alors qu'elle était dans son lit.

Il habitait son esprit, réjouissait son corps. Il semblait fait de chair et de sang, l'accompagnant au-delà des frontières du monde réel.

Ils étaient à nouveau chez Lloyd Claiborne. Elle portait le collier, et l'émeraude se réchauffait à son contact.

Sans hésitation, il posa ses lèvres sur les siennes. Une fois encore, la puissance de son baiser la renversa.

Comment un homme pouvait-t-il embrasser ainsi? Comment une femme pouvait-elle lui résister?

Il s'écarta. Son visage resta dissimulé dans l'ombre, comme d'habitude. Elle avait envie de toucher sa bouche, ses joues. De s'assurer qu'il était davantage que le fruit de son imagination.

Il recouvrit le collier et l'émeraude de sa paume. La chaleur s'intensifia : un éclat de lumière verte naquit sous sa main.

Prue ferma les yeux, éblouie par cette clarté aveuglante.

Il posa ses mains au niveau de sa gorge. Il caressait sa peau veloutée et tout son corps frissonnait de plaisir.

Puis ses doigts se resserrèrent, ses pouces appuyant sur sa gorge. La panique s'empara d'elle quand il se mit à l'étreindre plus fort. La respiration bloquée, elle entendit un sifflement strident dans ses oreilles et le sang afflua dans ses tempes. Les yeux exorbités, elle cherchait de l'air avec désespoir.

Les doigts devinrent froids comme la mort. Prue chancela mais ne tomba pas. Le fantôme de minuit la maintenait debout, agrippé à sa gorge. Plus fort... Plus fort...

Prue se réveilla en sursaut, effrayée et désorientée. Elle suffoquait. Elle effleura son cou, puis regarda autour d'elle, la lumière du matin pénétrait à travers la fenêtre de sa chambre.

Sa chambre. Elle y était en sécurité.

— Donc ce n'était qu'un cauchemar, murmura-t-elle.

Non, c'était plus que cela ; la sensation était trop forte, trop réelle. L'homme du rêve avait tenté de la tuer. Plus troublant, il avait pris autant de plaisir à la terrifier qu'à l'embrasser. Elle frémit. Plus jamais ça ! Son mystérieux fantôme était devenu malfaisant. Elle ne penserait plus — elle ne *pourrait* plus penser — à lui. D'ailleurs, si elle n'y pensait plus, elle n'en rêverait plus.

— Oh, non ! gémit-elle lorsqu'elle vit son réveil.

Il ne lui restait plus que quarante-cinq minutes pour rejoindre Buckland et assurer les préparatifs d'une importante vente aux enchères ce samedi. Claire la tuerait si elle était en retard — ou pire, elle la renverrait !

Elle prit une douche trop rapide à son goût. Le jet d'eau chaude lui faisait du bien. Elle revint à la réalité et débarrassa ainsi peu à peu son esprit de son cauchemar.

Tandis qu'elle s'habillait, son esprit revint au fantôme de minuit. Elle ne pouvait pas le chasser de ses pensées aussi facilement. *C'est comme s'il faisait partie de moi*, pensa-t-elle. *Et la vérité est que je continue à le désirer.*

Secouée, Prue s'assit sur le bord du lit. Cela ne lui ressemblait pas, elle qui était si pragmatique, lucide, détachée. Voilà qu'elle était obsédée par un homme qui hantait ses nuits dans le but de la tuer !

Alors qu'est-ce que je fais ? s'interrogea-t-elle. *Ou plutôt qu'est-ce que je devrais faire ?*

Il lui fallait absolument découvrir l'identité du mystérieux individu, car — même après son cauchemar — elle refusait d'admettre qu'il ne faisait pas partie de son monde.

Prue repensa à la soirée du Nouvel An chez Claiborne. Avait-elle un moyen de se procurer la liste des invités ? Peut-être que Lloyd Claiborne se montrerait à la vente. Elle pourrait alors lui poser quelques questions, l'air de rien.

Maintenant qu'elle avait un plan, elle se sentait mieux. Elle se parfuma et huma son poignet.

Pas d'odeur.

Ce parfum doit être éventé.

Et elle le jeta à la poubelle.

Elle prit un autre flacon de parfum et s'en vaporisa. Elle inhala profondément. Toujours pas d'odeur. Elle le jeta également et s'aspergea avec un troisième parfum puis renonça. Elle finit de s'habiller en toute hâte.

Phoebe entra dans la cuisine, étonnée d'y trouver Piper en train de lire le journal dans un état quasi catatonique.

Elle a appris la mort de quelqu'un? se demanda Phoebe, inquiète. Elle pensa aussitôt à Billy. *Faites qu'il aille bien,* pria-t-elle en silence.

— Qu'est-ce qui ne va pas? la pressa Phoebe, préoccupée par la mine de sa sœur.

— Tout, lâcha Piper.

Elle grimaça et envoya valser le journal à l'autre bout de la table.

Phoebe détailla la une. Une grande photographie en couleurs montrait une femme cadrée du cou jusqu'aux pieds, uniquement vêtue d'un haut mauve, sa jupe reposant sur ses chevilles.

Phoebe lut le gros titre à voix haute, écœurée: « Une inconnue vole la vedette ! »

— C'est incroyable ce que certaines sont prêtes à faire pour se faire remarquer ! commenta-t-elle.

Piper fit à nouveau une grimace tandis que Phoebe levait les yeux du journal et surprenait son expression désespérée.

— Phoebe, c'est moi !

Phoebe se jeta sur la photo. Le bustier, l'étoffe mauve de la jupe ! Elle reconnut avec effarement ce qui restait de la magnifique tenue que sa sœur avait commandée.

— Qu'est-il arrivé ?

— Une femme a marché sur ma jupe. Elle s'est immobilisée, mais Jake et moi avons continué à avancer. Ma jupe est restée coincée sous son talon. Je n'ai jamais eu autant honte de ma vie !

— Et alors ? demanda Phoebe, compatissante.

— Que pouvais-je faire ? J'ai arrêté le temps. Puis j'ai battu le record du monde de vitesse pour fuir !

Piper se couvrit la tête avec ses bras.

— Comment pourrais-je encore regarder Jake dans les yeux ? se lamenta-t-elle, la tête enfouie.

— Il ne sait pas ce qui s'est passé ?

— Je ne pense pas. Les flashes crépitaient de toutes parts et il avait les yeux fermés lorsque j'ai arrêté le temps. Quand il les a rouverts, j'avais disparu. Pouf ! Comme un nuage de fumée.

— Il faut que tu l'appelles et que tu aies une explication avec lui.

— Je ne sais pas si j'en suis capable. Que vais-je lui raconter d'ailleurs ?

— La vérité, assena Phoebe. Pas besoin de lui parler de ton pouvoir. Il est trop tôt, au stade de votre relation ! Pour le reste, il devrait te pardonner. S'il n'en est pas capable, tu l'oublies.

— Merci pour ta précieuse aide ! soupira Piper. C'est que je l'aime vraiment. Mais chaque fois que nous sortons ensemble, il se produit une catastrophe.

— Tu n'es pas la seule, murmura Phoebe.

— Pardon ?

Phoebe hésita, craignant de passer pour une folle. Mais il fallait qu'elle se confie à quelqu'un même si elle savait que sa sœur ne partagerait pas ses soupçons.

— Je pense que Robert a jeté un sort à Prue.

— Qu'est-ce que tu racontes ? Où as-tu été pêcher cette idée ?

Phoebe fronça les sourcils.

— Au Nouvel An, il m'a affirmé qu'il avait fait « tout ce qui était en son pouvoir » pour que Prue l'aime. Ça ne s'est pas passé comme il l'avait prévu.

— Et paf ! Il lui jette un sort !

— Il a remis le champagne de Prue dans la bouteille et il est parti avec. Je trouve ça pour le moins bizarre, pas toi ? Comme s'il voulait que personne d'autre n'y goûte !

— C'est un peu étrange, admit Piper, mais je me garderais d'accuser Robert sur ce simple fait.

— Je sais bien ! C'est pourquoi je suis allée consulter *Le Livre des Ombres*. J'y ai découvert un sortilège amoureux qui nécessite un philtre. Et souviens-toi, c'est le soir du Nouvel An que Prue a été prise de ce délire obsessionnel d'embrasser tout le monde! J'ai voulu l'interroger à ce propos hier soir, mais elle était trop occupée à se bécoter avec le livreur de pizzas!

— Eh bien, si tu as vu juste, moi je trouve ça plutôt mignon de la part de Robert de dénicher un sortilège amoureux, dit Piper.

— *Mignon?* s'écria Phoebe. Tu ne comprends pas? Si Robert a accès à la magie, c'est qu'il fait partie de *notre* monde, insista-t-elle. C'est peut-être même un sorcier!

Piper en resta un instant bouche bée, mais ne se démonta pas.

— Il y a sans doute d'autres explications, tu ne crois pas? répliqua-t-elle. Après tout, Robert s'occupe d'antiquités. Peut-être est-il tombé sur un bouquin ancien et qu'il a juste voulu essayer de jeter un sort.

— Si c'est le cas, j'aimerais bien voir le livre en question.

Prue fit irruption dans la cuisine avec une forte odeur de parfum dans son sillage. *Elle a renversé la bouteille sur elle ou quoi?* s'interrogea Phoebe.

— Je veux juste un peu de café. Je suis en retard, annonça Prue.

Phoebe toussota et chassa l'air avec sa main.

— Tu ne crois pas que tu as eu la main un peu lourde sur le parfum, ce matin?

— Je ne sens plus rien.

Elle ne sent plus rien? se répéta Phoebe tandis que sa sœur avalait une gorgée de café.

— C'est quand même drôle, continua Prue, je ne sais pas pourquoi, tous mes parfums ont décidé de rendre l'âme ! J'ai essayé au moins trois flacons différents.

Elle reposa sa tasse de café sur le comptoir et sortit en hâte de la cuisine.

— À plus !

Phoebe suivit sa sœur du regard et se tourna vers Piper.

— As-tu senti ce que j'ai senti ?

Piper acquiesça, les yeux rougis.

— J'en pleure encore. Je n'arrive pas à croire que Prue n'ait rien remarqué !

— Robert a aussi neutralisé son odorat, reprit Phoebe. Je pense qu'il est temps de mettre fin à ce sortilège.

— Tout à fait d'accord. Avant que Prue ne nous asphyxie tous ! s'esclaffa Piper.

En descendant l'escalier ce soir-là, Piper entendit le vrombissement d'une moto. Elle jeta un œil par la fenêtre et sursauta.

— Qu'est-ce que tu regardes ? demanda Phoebe en s'approchant d'elle.

— Tu ne vas pas le croire ! J'ai bien l'impression que Prue vient de rentrer dans une bande, lui confia-t-elle. Je sais, ce matin j'avais du mal à croire que Robert ait pu jeter un sort à Prue pour la séduire. Sauf que là, quelqu'un a fait quelque chose pour modifier ses goûts en matière d'hommes !

— De quoi parles-tu ? demanda Phoebe, qui regarda à son tour par la fenêtre et frémit.

Prue était sur la pelouse de devant, en compagnie d'un type au crâne rasé solidement bâti. Il portait un tel entrelacs de boucles d'oreilles et de chaînes que Piper se demanda comment ses oreilles étaient rattachées à sa tête. Les lèvres, le nez, les sourcils étaient percés !

— On se demande où est-ce qu'elle les dégote, susurra Piper.

— Quelle importance ! commenta Phoebe. Il faut faire quelque chose pour arrêter ça.

— Tout à fait d'accord !

Elles attendirent à la porte que Prue finisse par rentrer. Mais leur sœur ne paraissait pas satisfaite. Elle n'éprouvait visiblement rien de ce que l'on peut ressentir après avoir embrassé un garçon. Elle semblait seulement embarrassée.

— Baiser brûlant ? demanda Piper.

— Jusqu'à ce qu'il cesse, reconnut Prue, l'air ailleurs. Sauf que je préférerais ne pas l'avoir embrassé. Je me sens mal.

— Tu plaisantes, là ? rétorqua Piper. Cesse d'embrasser de parfaits inconnus et tu iras mieux.

— Je sais ! fit-elle avec impatience. J'ai essayé de vous l'expliquer au parc. Impossible de contrôler ce besoin irrépressible. Je ne sais pas ce qui m'arrive ! dit-elle en portant sa main à son front.

— Nous pensons que Robert t'a jeté un sort afin de te séduire, lâcha Phoebe.

— Robert ? Un sort ? Vous n'êtes pas sérieuses !

— Moi non plus, je n'y croyais pas, affirma Piper, mais il a dit à Phoebe qu'il avait fait quelque chose pour que tu tombes amoureuse de lui et qu'il avait échoué. Alors, on a pensé à… un sort.

— Et on a décidé de contrer Robert avec nos pouvoirs, s'enthousiasma Phoebe.

— Je suis d'accord pour tenter le coup. Mais tu as tort de penser que Robert est un sorcier, je te parie tout ce que tu veux le contraire ! Je le connais depuis plus de un an. Et si son sort n'a pas agi, pourquoi n'en utilise-t-il pas un autre ?

— Alors peut-être que ce n'est pas lui, dit Piper en soupirant.

Elle essaya de réfléchir à une autre piste, mais rien ne vint.

— On cherchera plus tard qui est responsable. À présent, nous devons te débarrasser de ce sort.

Piper remarqua que Prue tremblait lorsqu'elle prit la parole :

— Pourvu qu'il disparaisse ! Je ne vous l'ai dit ni à l'une ni à l'autre, mais une fois que j'ai embrassé tel ou tel inconnu il se passe autre chose. Son visage change. Je… je le vois mourir. Je voudrais bien cesser d'embrasser ces hommes mais… je ne peux pas. Me lancer à la recherche du prochain baiser devient une obsession. Cela finit par me faire peur.

— Ça sent vraiment la magie, ton histoire ! Allons consulter *Le Livre des Ombres*, proposa Phoebe.

Piper ouvrit la marche pour monter au grenier.

— Phoebe a déjà regardé dans le livre, expliqua-t-elle à Prue. Elle y a découvert deux incantations qui pourraient bien délier le sort d'origine.

— Choisissez la plus puissante des deux, les supplia Prue.

— Plutôt risqué ! Imagine que tu n'aies plus jamais envie d'embrasser un homme ?

— Pour l'instant, cela ne me paraît pas grave du tout, grimaça Prue.

Au grenier, Phoebe se plaça devant le pupitre sur lequel était placé *Le Livre des Ombres*. Elle l'ouvrit à la page que Piper et elle avaient repérée.

— Nous allons avoir besoin du Pouvoir des Trois, déclara Piper. Ce stupide sortilège n'a aucune chance de se réaliser si nous ne rassemblons pas nos forces.

— Allons-y, les pressa Prue.

Phoebe sortit un morceau de craie de sa poche et dessina un cercle sur le sol.

— Tenons-nous les mains, dit-elle.

Piper déglutit. Chaque fois, elle craignait qu'elles ne ratent l'incantation.

— Fermez les yeux ! ordonna Phoebe, et répétez trois fois après moi :

Du cœur naît le pouvoir de l'amour,
Le désir d'embrasser vient alors à son tour.

Délie le sort qui, ces deux-là, séparera pour toujours,
Délie le sort sur Prue, car elle croit en ton recours.

Piper ferma les yeux et serra plus fort la main de chacune de ses sœurs. Puis elles scandèrent en chœur les paroles.

Sidérée, Piper sentit un froid soudain monter du sol. Le courant glacé s'insinua le long de ses jambes, se diffusa ensuite dans tout son corps. Elle entendait son cœur battre et une pointe d'angoisse la saisit.

Faites que ce soit la bonne incantation, pensa-t-elle, *et que nous la prononcions correctement !*

Elle sentit les mains de Phoebe et de Prue trembler ; elles aussi étaient frigorifiées. Pourtant, elles répétaient inlassablement les mots qui devaient briser le sortilège.

Un vent se leva, se transforma en tornade autour du cercle puis les entoura.

Piper essayait de se concentrer sur leur chant. Ses sœurs en faisaient autant, car leurs lèvres bougeaient. Mais, peine perdue, elle n'entendait plus que le hurlement du vent.

Piper sentit la pression de la main de Phoebe, puis celle de Prue, s'exercer plus fortement. *Ça va marcher !* se dit-elle. *Tout va bien se passer !*

Le tonnerre gronda, le sol trembla et une chaleur soudaine s'empara de Prue. Le feu et la glace luttaient en elle. Le vent sifflait plus fort encore. Puis ce fut le silence.

Le sifflement demeurait dans les oreilles de Piper. Pourtant le vent avait cessé. Elle tremblait de tous ses membres.

— C'est terminé ? demanda-t-elle.

— Je crois bien, répondit Phoebe.

Piper se tourna vers Prue.

— Comment te sens-tu ?

Prue regarda lentement autour d'elle.

— Je crois que ça va, murmura la jeune femme.

— Ressens-tu le besoin d'embrasser quelqu'un ?

Prue humecta ses lèvres, puis les pressa l'une contre l'autre :

— Non.

Piper étreignit sa main.

— Alors, tu crois qu'on a réussi à briser le sort ?

— Absolument. Plus de baisers pour moi ! déclara Prue.

— Du moins, pour l'instant, suggéra Phoebe.

— En ce qui me concerne, ça pourrait être pour toujours ! assura Prue.

CHAPITRE 8

Assise sur le sol du salon, Phoebe observait les croquis qu'elle avait réalisés pour la ligne de papeterie de *Quake*. Mais aucun d'eux ne lui convenait.

Tu t'acharnes trop, se reprocha-t-elle. *Détends-toi, et ça viendra tout seul !*

Le même problème s'était posé lorsqu'elle avait découvert son pouvoir de prémonition. Dès qu'elle essayait de se concentrer pour avoir une vision, il ne se passait plus rien. Au début, elle forçait tellement qu'elle en avait des migraines, jusqu'à ce qu'elle finisse par accepter l'étendue de son pouvoir mais aussi ses limites.

D'ailleurs, les prémonitions venaient quand elle s'y attendait le moins.

Il en serait de même pour le logo du *Quake*.

Elle avait dessiné à grands traits un bloc de pierre fracturé en deux par un tremblement de terre. Les lettres « QUA » étaient dessinées sur une des moitiés et les lettres « KE » sur l'autre.

Phoebe dessina à nouveau le logo en le grossissant un peu. Puis elle s'attaqua au décor de fond à la peinture acrylique. Peu à peu, elle se détendit, concentrée sur son travail.

Elle releva la tête en entendant la porte d'entrée s'ouvrir. Piper arrivait en traînant les pieds, le dos voûté. Phoebe n'avait pas besoin de son pouvoir psychique pour comprendre que quelque chose n'allait pas.

— Que se passe-t-il ? demanda-t-elle en écartant papier et peintures.

Piper se laissa tomber sur le sol à côté d'elle.

— Comme c'était ma soirée de repos, je me suis dit que j'allais passer à l'hôpital voir Billy. Je lui avais préparé son plat préféré. Il m'a dit qu'il était incapable de le goûter. (Des larmes perlèrent dans ses yeux et elle porta la main à sa bouche.) Sa peau est toute ridée. Il a l'air d'un squelette, allongé dans ce lit. J'ai bien peur qu'il ne meure.

Phoebe passa son bras autour de sa sœur et se rapprocha d'elle.

— Il va s'en remettre, la rassura Phoebe sans conviction.

Piper secoua la tête.

— On dirait qu'il sort tout droit d'un film d'horreur ! Le service où il est hospitalisé regorge de gens atteints du même mal. Au début, on a cru que le virus se limitait aux personnes présentes aux fêtes de Claiborne et du *Quake*. Depuis, on a admis d'autres malades.

— Si le mal ne se limite pas aux invités de Claiborne et du *Quake*, observa Phoebe, il doit y avoir un autre point commun entre eux !

Piper contempla le sol.

— Probablement. Mais ce n'est pas Billy qui nous le révélera. Il s'est contenté de remuer les lèvres, il voulait me parler, mais sa voix était si faible que je l'ai à peine entendu.

Elle renifla et des larmes coulèrent le long de ses joues.

Phoebe la serra plus fort.

— Les médecins vont découvrir ce qu'il a.

— Il vaudrait mieux qu'ils se dépêchent, articula Piper d'une voix éteinte. Ils écartent l'empoisonnement alimentaire, mais ils n'ont pas pour autant déterminé les origines de la maladie de Billy, ni l'antidote. Un docteur a déclaré que c'était comme si tous ces gens dépérissaient… sans raison.

— Personne n'est mort pour l'instant, lui rappela Phoebe.

Piper se redressa et parut un peu plus calme.

— Tu sais qui j'ai vu à l'hôpital ? Le jeune homme qui m'avait livré ma tenue de soirée !

Phoebe frémit. En plus de Billy, cela faisait une nouvelle personne atteinte qu'elles connaissaient…

— Peut-être allait-il rendre visite à quelqu'un ! lança-t-elle avec optimisme.

— Je ne pense pas. Il était tout pâle et il s'est évanoui avant qu'on vienne le chercher.

— Oh !

Phoebe essaya de changer de sujet pour distraire Piper.

— Comment va Jake ?

— Jake ?

— Oui, Jake, tu te souviens de lui ? Comment a-t-il réagi quand tu l'as appelé pour t'excuser à propos de la première ?

Le regard de Piper était perdu au loin ; elle se sentait coupable.

— Tu ne l'as pas appelé, n'est-ce pas ? demanda Phoebe.

— Je ne savais pas quoi lui dire. Les explications que j'ai trouvées étaient toutes aussi stupides et aussi peu crédibles les unes que les autres !

Phoebe savait que Piper commettait une erreur, mais elle ne pouvait dicter son comportement à sa sœur. Elle attrapa le bloc de papier sur lequel elle avait travaillé.

— Je cherchais un truc complètement nouveau pour ton papier à en-tête.

Elle montra son dessin à Piper.

— Qu'est-ce que tu en penses ?

Piper fronça les sourcils. Elle ouvrit la bouche… puis se ravisa.

— Tu n'aimes pas ? s'enquit Phoebe.

— Ce n'est pas ça. C'est juste… Comment en es-tu arrivée à ce croquis ?

— Je ne sais pas. Je me suis détendue et il s'est présenté à mon esprit !

Piper se mordilla la lèvre inférieure.

— Tu sais ce que ton décor me rappelle ? La carte effrayante qui est apparue quand Prue s'est fait tirer les tarots. Celle avec la tour noire et tous ces symboles !

Phoebe prit le bloc et regarda plus attentivement son croquis. Piper avait raison.

— Elle a dû me faire une impression bien plus forte que je ne pensais !

Phoebe effleura l'une des formes géométriques qu'elle avait dessinées derrière le logo de *Quake*. Une lumière aveuglante l'éblouit. Une vive décharge électrique parcourut son corps. Elle tressaillit, transie de peur, mais reconnut là le signe d'une vision imminente. Elle ferma les yeux, dans l'attente de la scène qui allait se dérouler dans son esprit.

Une carte de tarot qui se tourne et se retourne.

La tour noire. La carte qui avait effrayé Elena.

Et Elena. Là, dans la maison. Dans le grenier.

Prue, allongée par terre.

Elena agitant la carte au-dessus d'elle. Elle récite…

Des paroles. Phoebe n'arrive pas à les distinguer !

Prue ! Pauvre Prue !

Son corps se flétrit, sa peau desséchée se tend.

Ses lèvres deviennent noires, se fissurent et saignent.

Son visage est grisâtre. Ses yeux s'enfoncent dans leurs orbites.

Elle essaie de parler.

Elle lutte pour respirer.

Prue se bat pour survivre — et perd !

Phoebe poussa un gémissement. Son esprit tourbillonnait. Les images disparurent et elle lutta contre le vertige qui l'assaillait.

— Eh ! s'écria Piper en prenant sa sœur par les épaules. Phoebe, tu vas bien ?

Phoebe *n'allait pas* bien, mais elle était incapable de prononcer un seul mot. Les larmes lui montèrent aux yeux et sa gorge se serra.

Comment pourrais-je aller bien quand je sais que Prue va mourir ? songea-t-elle, le cœur battant.

CHAPITRE 9

Piper contemplait sa sœur, inquiète. Phoebe était pâle et abattue.

— Phoebe, que se passe-t-il ? Je ne voulais pas te blesser. J'aime bien la vivacité de ton trait, mais ces symboles de la carte de tarot... Ce dessin ne peut pas convenir pour le *Quake* !

Phoebe ne répondait rien. Elle gardait les yeux rivés sur son dessin.

J'aurais mieux fait de me taire, pensa Piper. *Phoebe peut se montrer si sensible quand elle travaille dur et qu'on la critique.*

— Phoebe, ne t'énerve pas ! Je suis persuadée que tu vas y arriver, tu trouveras un logo qui conviendra ! reprit Piper.

Le téléphone sonna et la jeune fille sursauta.

— Réponds, souffla Phoebe, éperdue.

Lorsque Piper décrocha le combiné, son sang ne fit qu'un tour.

— Bonjour ! Tu te souviens de moi ?

— Bonjour, Jake, répondit Piper en souriant pour la première fois de la journée.

— Ah ! Tu ne m'as pas oublié ! Je n'en étais plus très sûr !

Piper se sentit mal à l'aise en percevant le léger reproche dans sa voix.

— Il m'est arrivé un drôle de truc l'autre soir, poursuivit-il, j'emmenais une jolie fille à une première. Je l'ai perdue de vue une seconde et quand je l'ai cherchée, elle s'était volatilisée. Comme David Copperfield. Pouf ! Magique. Elle avait disparu. Que s'est-il passé, Piper ? Pourquoi es-tu partie ?

— Oh, Jake ! Je suis désolée.

— Je me suis retrouvé comme un imbécile, Piper ! Si tu ne voulais pas venir, il fallait m'en parler avant.

— Mais je *voulais* venir. Sauf qu'il s'est passé… quelque chose… j'étais obligée de partir. Je ne savais pas quoi te dire…

— Comment va Billy ? demanda Jake, un peu irrité.

— Il est si malade, Jake, lui avoua Piper. Je passe quasiment ma vie à l'hôpital.

— Tu es sûre qu'il n'y a rien entre vous ?

— Comment ça ? demanda Piper, un peu excédée. Il est vraiment malade. C'est mon ami. Point.

— Je suis désolé, s'excusa Jake. Je sais que vous étiez proches tous les deux. Mais je ne savais vraiment pas quoi penser après ta disparition.

— Je peux t'expliquer ! Une femme a marché sur ma jupe, et toi et moi nous avons continué à avancer. Ma jupe est restée derrière nous. Je suis désolée, mais il fallait que je quitte les lieux. Tu n'as pas lu le journal le lendemain ?

— Je ne vais pas dans ce genre d'endroit pour lire la presse *people* après ! rétorqua Jake. Mais je suis désolé d'avoir raté ça, ajouta-t-il dans un grand éclat de rire.

— C'était si humiliant ! fit-elle d'une petite voix.

— Allez, Piper, je te comprends. Moi aussi je me serais enfui en courant !

— Désolée de ne pas t'avoir appelé. J'espère qu'un jour tu me donneras une autre chance... glissa Piper en croisant les doigts.

— J'espérais que toi, tu me donnerais une autre chance. Que dirais-tu de demain après-midi ?

— Demain ? Parfait ! s'entendit-elle répondre, aux anges.

— Formidable ! On se retrouve à trois heures au parc Presidio pour pique-niquer.

Piper raccrocha, un peu étourdie. Jake lui donnait une seconde chance ! Cette fois, elle allait s'assurer que rien ne gâche la fête.

Elle fit volte-face et sa joie s'évanouit. Phoebe était penchée sur son croquis, tentant frénétiquement de faire disparaître les symboles qu'elle avait dessinés. Mais les curieuses formes géométriques semblaient sans cesse renaître sous les couches de peinture, comme si rien ne pouvait les dissimuler. Comme si plus rien — maintenant qu'elles avaient été créées — ne pouvait empêcher leur existence.

Piper s'agenouilla à côté d'elle.

— Phoebe, que fais-tu ? Que se passe-t-il ?

Phoebe resta silencieuse.

Piper attrapa sa sœur par les épaules et la força à se lever.

— Parle-moi ! Qu'est-ce qui ne va pas ? répéta Piper.

— J'ai… J'ai eu une vision, balbutia Phoebe, j'ai vu Prue. Elle était allongée sur le sol, en train de mourir ! Elena agitait une carte au-dessus d'elle, celle avec la tour noire. (Le regard de Phoebe alla de Piper aux symboles de son croquis.) J'ai peut-être eu tort. Robert a pu jeter un sort à Prue, mais il y a autre chose… Je ne sais pas exactement quoi, mais cela a un rapport avec Elena et avec la fameuse carte à la tour noire !

— Pourquoi ? Pourquoi Elena agirait-elle de la sorte ? Elle ne fait que tirer les tarots. Elle ne nous connaît même pas ! s'exclama Piper.

— On ne peut pas en être sûres, rétorqua Phoebe. Nous sommes les *Charmed*, tu te rappelles ? Si Elena est une sorcière, elle se gardera bien de nous mettre au courant.

Piper frémit.

— Tu as raison, Phoebe. Nous ne savons pas à qui nous fier.

Elle posa une main réconfortante sur l'épaule de sa sœur :

— OK. Calmons-nous. On va bien trouver une solution.

Piper sursauta : Prue entrait dans la pièce en coup de vent, chargée d'une multitude de paquets. Elle avait l'air en pleine forme. Par contre Phoebe et sa vision l'inquiétaient. Ses prémonitions se réalisaient toujours.

— Comment ça va, Prue ? demanda Piper d'une voix égale.

— Très bien ! répondit cette dernière. Vous n'auriez pas envie d'aller au cinéma, toutes les deux ?

— Et toi ? s'enquit Phoebe. Tu ne nous accompagnes pas ?

— Non… mais je vous offre les billets, proposa Prue.

Méfiante, Piper étudia sa sœur aînée :

— Pourquoi tiens-tu tellement à ce que nous allions voir un film ?

Une expression rêveuse se dessina sur le visage de Prue :

— Je viens de rencontrer un type vraiment incroyable et je l'ai invité à dîner. Il sera là dans une demi-heure ; alors, j'aurais besoin que vous sortiez !

Elle traversa la pièce, puis marqua une pause. Son regard s'arrêta sur le bloc de papier :

— Qu'est-ce que c'est ?

— Phoebe dessine un logo pour le *Quake*, expliqua Piper.

— Tu crois vraiment que le *Quake* va utiliser ce machin ? demanda-t-elle à Phoebe. Tu t'es servie d'un kit pour les débutants qui veulent apprendre à peindre ou quoi ?

— Merci beaucoup ! répliqua Phoebe en essayant de ne pas paraître blessée. Quel plaisir de recevoir des encouragements de sa famille !

Prue ne répondit pas et emporta le bloc avec elle.

— C'est facile d'être critique d'art, beaucoup plus que de créer soi-même ! ajouta amèrement Phoebe.

— En temps normal jamais Prue n'aurait été aussi mesquine ! la consola Piper.

— Il est évident que notre sort n'a pas marché. Elle continue à chasser les hommes. Et en plus, elle est devenue odieuse ! se lamenta Phoebe.

Piper échangea un regard paniqué avec sa sœur.

— Il y a pire. Comment allons-nous faire pour que ta vision ne devienne pas réalité ?

Prue pensait à Eugène tout en jetant des pâtes dans l'eau bouillante : elle patientait à un stop quand elle avait regardé la voiture d'à côté. Le conducteur tambourinait sur le volant au rythme de la musique de sa radio. Il lui avait souri. Sa bouche était magnifique. Elle avait baissé sa vitre et l'avait tout simplement invité à dîner.

C'est tellement facile, pensa-t-elle. *Pourquoi ne l'avais-je jamais fait ?*

La sonnette tinta. Elle se sentit tout excitée. Il était en avance.

— J'y vais ! cria-t-elle.

Elle traversa le salon. Piper et Phoebe étaient toujours là, refusant obstinément de quitter la maison.

Très bien, se dit Prue, *elles peuvent faire comme ça leur chante. Elles ne m'empêcheront pas d'agir comme je le veux !*

Son sourire s'effaça lorsqu'elle ouvrit la porte… Robert se tenait sur le seuil.

— Bonsoir, Prue.

— Qu'est-ce que tu fais ici ?

— Je ne peux pas me passer de toi ! lança-t-il. Je devais te voir, Prue.

— J'ai été occupée, dit-elle froidement. Tu sais comment c'est chez Buckland.

Il fit un petit signe de la tête :

— Oui, je sais.

Je ne veux pas de toi ici, pensait-elle. *Tu ne m'es d'aucune utilité.*

Il franchit le seuil, mais Prue lui barra le passage.

— Prue, murmura-t-il.

Il effleura sa joue. Elle recula, dégoûtée.

— Ne me touche pas ! hurla-t-elle. Tu n'as aucun droit sur moi !

— Qu'ai-je fait pour que tu me détestes autant ? demanda Robert avec douceur.

Prue chercha une réponse, mais rien ne lui vint à l'esprit.

Je n'en sais rien ! réalisa-t-elle.

En revanche elle était certaine qu'il représentait une menace pour elle — surtout depuis que Phoebe avait découvert qu'il lui avait jeté un sort.

— Je ne te déteste pas, riposta-t-elle sèchement.

Robert fit une nouvelle tentative.

— Je suis désolé d'être passé à l'improviste, mais mon dîner d'affaires est annulé... Accepterais-tu de sortir avec moi, ce soir ?

Prue l'étudia de haut en bas : pourquoi insistait-il ? Elle lui avait pourtant fait comprendre qu'elle ne souhaitait pas sortir avec lui. S'imaginait-il qu'elle avait changé d'idée ? Lui avait-il vraiment jeté un sort ? Et si le sort avait fonctionné en sens inverse ? Peut-être la magie l'avait-elle rendu amoureux, lui, au lieu que ce soit elle...

Elle se toucha le front, en proie à un mal de tête.

— Je ne comprends pas, Robert. Pourquoi persistes-tu à vouloir sortir avec moi ? Pourquoi ne laisses-tu pas tomber ?

Il se pencha vers elle, affichant un sourire confiant.

— Parce que tu m'aimes, répondit-il. Tu ne t'en es juste pas encore aperçue.

À ces mots, Prue sentit son estomac se soulever.

Il continue à croire que son sort fait de l'effet ! pensa-t-elle.

— Tu fais vraiment fausse route, Robert.

Elle mit la paume de sa main contre sa poitrine et le repoussa jusqu'au porche.

— Bonsoir !

Elle ferma la porte.

— Prue, ouvre !

Tu peux toujours rêver ! marmonna-t-elle en se dirigeant vers la cuisine. Elle était certaine désormais que Robert n'était pas un sorcier. Est-ce qu'un sorcier se serait laissé faire ainsi ? Non. Piper avait sans doute vu juste : il avait dû essayer de jeter un sort d'après un livre et il s'était trompé.

Elle regarda l'heure. La petite visite de Robert avait bousculé son emploi du temps. Elle voulait que le repas et le vin soient servis ainsi que les bougies allumées quand Eugène arriverait.

Elle tituba légèrement en traversant le salon et s'agrippa à une chaise. Ses jambes tremblaient malgré elle.

— Est-ce que ça va ? demanda Phoebe, installée dans le canapé.

— Très bien, dit Prue d'un ton cassant, mais j'irais encore mieux si Piper et toi disparaissiez de ma vue !

— Je monterai dans ma chambre quand ton invité sera là, précisa Phoebe calmement. Est-ce lui qui a sonné à l'instant ?

— Non, c'était Robert.

— Que voulait-il ? demanda Phoebe, pleine de curiosité.

— Peut-être voulait-il me jeter un autre sort ? Je n'en sais rien et je m'en fiche ! Il ne correspond pas à ce quc *je* veux ! hurla-t-elle.

Phoebe l'observa, complètement sidérée.

Prue porta sa main à la poitrine pour essayer de se calmer et de reprendre son souffle. *Robert, Phoebe, Piper*, pensa-t-elle, *ils m'empêchent tous de faire ce que je veux. Ils essaient de gâcher ma soirée.*

Elle ferma les yeux et prit une profonde inspiration avant de gagner la cuisine. *Je perds tout contrôle sur moi-même*, se dit-elle. *Peut-être que je travaille vraiment trop. Comment expliquer que je passe d'un état à l'autre ?*

Pauvre Eugène. Tout ce qu'elle pourrait lui offrir ce soir, ce serait un dîner et un baiser !

Elle s'appuya sur le comptoir de la cuisine. Elle devait reprendre son sang-froid. *Et si j'avais tout simplement attrapé froid ?* se demanda-t-elle.

L'image d'Eugène surgit en elle et ses lèvres se mirent à picoter. Elle avait besoin de son baiser, autant que de l'air qu'elle respirait. Et il était tellement mignon, élancé et musclé.

Elle avait envie d'une étreinte comme celle de minuit, le Jour de l'An. D'autant qu'elle ne serait pas assortie de l'effrayante vision d'un mourant. Cette fois, le sortilège était brisé.

Prue s'éloigna du comptoir, mit du beurre dans une poêle et alluma le gaz. Elle saisit un grand couteau tranchant, commença à couper des oignons puis de l'ail pour la sauce.

Dès que le beurre grésilla, elle baissa le feu. Elle regarda l'ail et l'oignon, remarquant qu'elle ne sentait strictement rien.

Elle ajouta des courgettes et des poivrons coupés en lamelles dans la poêle ; elle remua le tout, l'odorat toujours en panne.

Elle attrapa un champignon, l'éminça et le jeta dans la poêle. Elle mélangea les légumes avec le beurre. Toujours aucune odeur !

Peut-être que je n'ai pas mis assez d'ail, ni assez d'oignons, se dit-elle.

Impatiemment, elle pela une autre gousse et se mit à la hacher furieusement. Avait-elle acheté des ingrédients sans saveur ?

— Qu'est-ce que tu fabriques, Prue ? lui lança Piper depuis la porte. Tu essaies de faire fuir les vampires ?

Prue écarquilla les yeux, inquiète.

— Tu sens l'ail ?

— Bien sûr que je le sens ! La maison entière empeste !

— Mais alors pourquoi est-ce que je ne sens rien ?

— Tu as un rhume ?

— Je me sens un peu faible.

Prue se retourna. Piper sursauta alors violemment et se précipita sur elle.

— Qu'est-ce qui te prend ? hurla-t-elle en attrapant sa main.

Avec un total détachement, Prue considéra le flot de sang rouge vif : une large entaille traversait la paume de sa main. Le sang dégoulinait sur le couteau, sur le comptoir et sur les aliments.

Elle se sentit prise de vertige lorsqu'elle vit les taches rouges sur ses vêtements. *Pourquoi est-ce que je ne ressens aucune douleur ?* s'inquiéta-t-elle. *Je n'ai même pas réalisé que j'étais blessée !*

— Prue !

Piper enveloppa sa main avec des serviettes en papier et pressa fortement.

— Il faut arrêter l'hémorragie !

Prue ne répondit pas. Elle éprouvait une étrange fascination pour le spectacle de son sang qui souillait les serviettes. Il gouttait du papier dans la poêle. Puis il grésilla parmi les autres ingrédients.

— Ah enfin ! dit-elle avec un sourire de satisfaction.

— Quoi ? s'enquit Piper.

— L'odeur du sang qui brûle, je la *sens*.

CHAPITRE 10

Phoebe, toujours installée sur le canapé, vit Prue sortir de la cuisine soutenue par Piper.

— Que se passe-t-il ? demanda-t-elle en se levant aussitôt.

— Prue a besoin de s'allonger un peu, répondit Piper.

La sonnette retentit à ce moment-là.

— Tu veux bien expliquer à Roméo que son dîner est annulé ?

Phoebe contempla un instant Piper qui aidait leur sœur à monter l'escalier. Que se passait-il vraiment ? Puis elle courut à la porte et l'ouvrit précipitamment.

Elle eut le souffle coupé à la vue du jeune garçon qui se tenait sous le porche. Il était d'une belle corpulence, fort et musclé... sauf qu'il était encore plus jeune que le skateboarder ! Il lui adressa un sourire idiot. Ce devait être la première fois qu'il avait rendez-vous avec une fille.

— Est-ce que la nana brune habite bien ici ?

Encore sous le choc, Phoebe l'observa.

— « La nana brune » ? Tu ne connais pas son nom ? s'enquit-elle.

— Euh, non ! Elle m'a invité à dîner. Moi, je suis toujours partant pour me régaler ! Tu vois ce que je veux dire ?

— Oui, je pense que oui, répondit Phoebe en grimaçant. Désolée, mais elle ne se sent pas bien.

— Une invitation de fichue ! se résigna-t-il. Alors je peux dîner avec toi ?

Phoebe le repoussa fermement.

— Je ne crois pas, non.

Il la regarda avec curiosité :

— Il y a un nouveau film de kung-fu qui vient de sortir ; il passe à Chinatown, tu veux venir le voir ?

— Non, répliqua Phoebe.

— Ah bon, soupira-t-il, déçu. (Il lui adressa encore son sourire béat.) Une autre fois, alors.

Dès qu'il fut parti, Phoebe s'assit un instant dans un des fauteuils en osier pour réfléchir. Elle était persuadée qu'il y avait autre chose qu'un simple sortilège qui aurait mal tourné. Un bruit de pas dans l'escalier lui fit lever la tête : elle eut le cœur serré en voyant la sombre expression de Piper.

— Que s'est-il passé ? demanda Phoebe.

Piper se pinça les lèvres.

— Prue s'est coupée en préparant le dîner.

— Est-ce qu'il faut lui faire des points de suture ?

— Non, mais elle couve un truc bizarre. Elle tremblait, et pas à cause de la coupure, à mon avis. Elle s'est endormie dès que sa tête a touché l'oreiller.

— Je vois. J'appelle un médecin.

Phoebe saisit l'annuaire. Après avoir passé plusieurs coups de fil, elle reposa le combiné.

— Ils sont tous débordés. Personne ne peut la prendre avant au moins deux semaines. Ils m'ont suggéré de la conduire à l'hôpital.

— Prue dort profondément maintenant. Je ne pense pas que son état justifie une visite aux urgences, soupira Piper.

— Tant mieux ! Les hôpitaux me rendent nerveuse.

Piper remonta la fermeture de son sweat-shirt.

— Elle ne peut pas être soignée par la médecine moderne, d'ailleurs.

— Bien vu ! acquiesça aussitôt Phoebe. Il nous faut donc plus de renseignements... sur d'autres sortes de remèdes !

Piper s'assit jambes croisées sur le canapé.

— Peut-être a-t-on affaire à deux sortilèges. Il est possible qu'ils interfèrent... je ne sais comment.

Phoebe secoua la tête.

— Franchement, il est peu probable que deux sortilèges soient jetés contre une seule sorcière. Non, c'est bien plus simple que ça. Il s'agit de quelque chose que nous n'avons jamais vu. Mieux vaut comprendre quoi avant d'agir. Commençons par la seule information que nous possédons.

— Laquelle ?

— La vision que j'ai eue, lui rappela Phoebe. Tu te souviens, Elena qui agitait la carte de tarot ?

— Je ne veux pas laisser Prue toute seule... des fois qu'elle ait besoin de moi, rétorqua Piper en levant les yeux vers le deuxième étage. Mais demain, j'irai au *Railyard Café* pour me renseigner sur Elena. Puis j'essaierai chez *Giovanni*. Prue a dit que c'était eux qui avaient préparé le buffet pour la soirée de Claiborne. Or, Elena y était aussi. Avec un peu de chance, un des serveurs pourra m'éclairer sur ce qui s'est exactement passé ce soir-là.

— Ça m'a tout l'air d'un plan ! Et puisqu'on ne bouge pas ce soir, allons consulter *Le Livre des Ombres*. On trouvera peut-être une information à propos de cette carte de tarot ! proposa Phoebe en se levant d'un bond.

— Bonne idée, approuva Piper.

Phoebe suivit Piper jusqu'au grenier.

Elles traversèrent la pièce vers le pupitre sur lequel reposait *Le Livre des Ombres*.

— Allons-y, déclara Phoebe en l'ouvrant.

Elle parcourut rapidement les pages. Ce n'était pas chose facile, car le livre avait été écrit à la main par les nombreux ancêtres Halliwell qui s'étaient succédé au fil du temps. Certaines pages étaient rédigées d'une écriture tellement élaborée, tellement différente de celle d'aujourd'hui qu'elle était quasiment indéchiffrable. Sur d'autres, les caractères étaient si minuscules qu'on avait besoin d'une loupe pour les déchiffrer.

Phoebe tomba soudain en arrêt devant une illustration. Elle représentait un homme brun d'une beauté frappante. Mais ses yeux symbolisaient le Mal.

— Piper, regarde ! s'écria-t-elle en essayant de garder son calme. Tu ne remarques rien ?

Piper se rapprocha et étudia le dessin.

— Pas vraiment.

Phoebe effleura du bout du doigt le vêtement de l'homme.

— Observe sa tenue. Il porte les symboles identiques à la carte de tarot. Le même motif que celui que j'ai dessiné inconsciemment pour le *Quake*.

Piper désigna la légende sous l'image.

— Elle a été écrite en toute hâte. Est-ce que tu peux déchiffrer ?

Piper sentit son cœur battre plus fort à mesure qu'elle se concentrait.

— À mon avis, il s'agit d'un avertissement, déclara enfin Phoebe. À propos de cet homme. Il est écrit que Lascaris était un puissant démon qui arriva en France à la fin du XVIIIe siècle.

— Un sorcier ! reprit Piper, sarcastique. Bizarre, je ne suis pas surprise du tout ! Et ensuite ?

— Il charmait les jeunes femmes et conservait sa force vitale à travers elles. Il les forçait à embrasser les hommes dont il récupérait ensuite la force. Il gardait ainsi sa jeunesse et sa virilité pendant des siècles.

— On a trouvé, cette fois ! se réjouit Piper.

Phoebe tressaillit en lisant la phrase suivante :

— « *Il était obsédé par un jeu de cartes très spécial. Il l'utilisait pour choisir ses victimes… c'étaient celles sur qui les incantations avaient le plus d'effet.* »

— Le jeu de cartes d'Elena avait retenu l'attention de Prue. Elle disait qu'il était vraiment vieux. Tu crois que ça pourrait être le même ?

— Je ne sais pas, répondit Phoebe. Mais je comprends mieux maintenant pourquoi Elena a pâli quand elle a tiré cette carte. Elle savait que c'était un mauvais présage, qui avait un rapport avec le Mal. Je me demande si elle connaît la suite de l'histoire de Lascaris.

Piper s'essuya le front.

— J'espère en découvrir plus là-dessus demain. J'ai la chair de poule rien qu'en la regardant !

Phoebe poursuivit sa lecture :

— « *Plus Lascaris devenait puissant, plus les jeunes femmes perdaient leur force. Quant aux hommes qu'elles avaient embrassés, la mort planait sur eux. Dès que les femmes n'étaient plus assez robustes pour servir ses intérêts, Lascaris accomplissait un rituel. Lorsque celui-ci était terminé, hommes et femmes trouvaient la mort.* »

— Charmant garçon ! déglutit Piper.

— Il est précisé que l'esprit de Lascaris a été emprisonné, continua Phoebe.

— Mais encore ?

— Ça ne dit ni où, ni par qui… Attends une minute, Piper ! Si ce démon a été mis en cage, alors il ne peut pas avoir ensorcelé Prue, murmura Phoebe.

— Je n'en suis pas certaine. Prue embrasse n'importe quel type qui passe à sa portée. Tout cela semble avoir... un lien. Et si Lascaris s'était échappé et utilisait Prue pour renforcer ses pouvoirs ? balbutia Piper, terrifiée.

L'angoisse envahit Phoebe de la tête aux pieds.

— Il faut que nous le trouvions, Piper. Il le faut ! Avant qu'il ne fasse subir à Prue le même sort qu'à ses autres victimes !

CHAPITRE 11

Accoudée au balcon en fer forgé de Lord Claiborne, Prue contemplait la baie.

Pourquoi mes rêves se déroulent-ils presque tous ici ? s'interrogeait-elle. *Claiborne entretient-il un lien quelconque avec ce baiser magique du Nouvel An ? Est-ce lui que je recherche ?*

Autour d'elle, tout baignait dans une brume grise. Un épais brouillard se leva : bientôt elle n'aperçut même plus la baie ou le pont du Golden Gate.

Mais elle sentit *sa* présence.

Le fantôme de minuit se tenait derrière elle. Prue respira soudain avec difficulté, son corps fut attisé par d'invisibles flammes qui brûlaient mais ne la consumaient pas.

Elle ressentait un sentiment à la fois de peur et de désir, au point qu'elle ne parvenait plus à les différencier.

Elle sentit une pulsation juste au-dessous de sa gorge. Les doigts posés sur son collier d'émeraude, elle se retourna.

L'inconnu était là, devant elle, dissimulé par les ténèbres.

— Tu m'as donné la vie, lâcha-t-il d'une voix âpre tout en plaçant ses mains de chaque côté de son visage.

Une grande faiblesse s'empara d'elle. Elle tenait à peine sur ses jambes et ne pouvait plus bouger.

Il prit ses lèvres. Mais cette fois, le baiser fut différent. Pas de passion. Pas de désir.

Rien d'autre que la laideur de la vérité. Il l'empêchait de respirer, lui prenant la vie. Elle eut l'impression de mourir étouffée.

Prue se réveilla dans son lit en criant.

Elle hurla encore, mais elle n'entendait plus que le battement affolé de son propre cœur.

Elle se redressa tout essoufflée, le corps agité de tremblements. Sa chemise de nuit, trempée par la sueur froide, collait à sa peau.

Ça ne va pas! s'agitait-elle. *Ça ne va pas du tout!*

Elle ne sentait plus la douceur des draps en coton sur ses jambes ni le poids de l'édredon sur son corps, pas plus qu'elle ne percevait le bandage que Piper lui avait fait autour de la main.

Elle ne possédait plus de vision périphérique. On aurait dit qu'elle regardait à travers un tunnel. Au bout, il y avait une lueur... qui devenait de plus en plus faible.

À bout de souffle, Prue essaya de s'extirper de son lit. Hélas, son corps ne répondait plus. Elle retomba sur le côté, incapable de bouger davantage.

Que m'arrive-t-il?

Piper inspecta l'intérieur du *Railyard Café* dans l'espoir d'y trouver la diseuse de bonne aventure. Elle commençait à croire que Phoebe avait raison : Elena était à l'origine de ce qui arrivait à Prue. Tout avait commencé après qu'elle leur eut tiré les cartes.

Piper s'avança jusqu'au bar, où un homme était en train d'empiler des verres.

— Le patron est-il là ? s'enquit-elle.

Il se retourna et lui sourit.

— C'est moi. Que puis-je pour vous ?

Elle se tordit les mains, se demandant comment s'expliquer sans trop en dire.

— Savez-vous où je pourrais trouver Elena ?

— Dans la salle du fond, en consultation privée.

Piper grimaça et regarda l'heure à sa montre.

— Merci.

Elle contourna le bar en direction de la salle du fond. Elle s'arrêta sur le seuil de la porte. Elena tirait les cartes à un homme à la chevelure noire et brillante. Piper ne l'apercevait que de dos, mais quelque chose en lui semblait familier. Peut-être était-il un habitué du *Quake*.

Elena jeta un coup d'œil vers l'entrée et sursauta. L'homme se retourna. Robert !

Piper en eut le souffle coupé.

Comment se connaissent-ils ? se demanda-t-elle.

Piper fit un pas vers eux, décidée à percer le mystère.

— Eh bien, quelle étrange coïncidence ! attaqua-t-elle.

— Vous ! cria Elena, les yeux écarquillés.

Et elle ramassa ses cartes à toute allure.

— Attendez une minute ! s'exclama Piper. Je veux simplement vous parler.

Mais Elena se leva de la chaise, l'empoigna et la lança en direction de Piper, puis s'enfuit par la porte de derrière.

Piper recula, évitant le projectile de quelques centimètres seulement. Après un rapide coup d'œil à Robert, elle se lança à la poursuite d'Elena.

Elle se précipita dehors et la repéra dans une voiture verte. Instinctivement, Piper étendit les mains et stoppa le temps. Elle courut à la voiture puis essaya d'ouvrir la portière.

Elle était fermée à clé !

Elle jura à mi-voix. Si seulement elle était sortie avant qu'Elena eût fermé la porte.

Le temps reprit son cours. La cartomancienne mit le contact. Aussitôt, elle descendit l'allée telle une fusée.

Piper avait gâché une occasion unique de comprendre ce qui arrivait à Prue. Ses pensées revinrent alors vers Robert. À défaut d'obtenir des réponses d'Elena, peut-être pourrait-elle en obtenir de lui ?

Elle revint en courant jusqu'au restaurant. Plus personne à la table. Robert était parti.

Phoebe était assise devant le comptoir de la cuisine, le téléphone portable de Piper à la main. Elle n'arrivait pas à croire que sa sœur l'ait oubliée. Elle avait promis de l'appeler si elle apprenait quelque chose. Et Phoebe n'en pouvait plus d'attendre… et en plus, Piper conduisait comme une dingue !

Qui est Lascaris ? Où est-il désormais ?

Les questions se bousculaient dans son esprit.

Bien ! se dit Phoebe en commençant à arpenter la pièce de long en large. *Récapitulons les faits. C'est un sorcier du XVIIIe siècle. Il est obsédé par un jeu de tarot. Il a les cheveux noirs et des yeux bleus perçants. Il est français…*

Phoebe sursauta. Elle eut une pensée horrible. *Et si Robert était Lascaris ?*

L'hypothèse était plausible. Les problèmes n'avaient pas forcément commencé au moment où on leur avait tiré les cartes mais peut-être bien avant… quand Robert s'était arrêté à leur table. Il avait baisé la main de Prue. Or le baiser était la clé du pouvoir de Lascaris.

Certes, ce n'était pas grand-chose, mais Phoebe n'avait rien d'autre à se mettre sous la dent !

Elle s'immobilisa. Elle devenait folle à force de retourner des scénarios dans sa tête. Robert, Lascaris, Elena, Prue.

Quel était le point commun entre eux ? D'une certaine façon, ils étaient tous liés. Phoebe ne savait pas comment détruire l'entrelacs magique qui s'était tissé entre eux et qui avait une telle prise sur sa sœur.

Elle agita le portable qu'elle tenait à la main.

Piper, pourquoi n'as-tu pas pris ton téléphone ? J'ai besoin de savoir ce que tu as découvert.

Désappointée, elle monta l'escalier pour aller voir Prue. Elle poussa doucement la porte de sa chambre.

Prue se reposait dans son lit, endormie. Phoebe fut étonnée de voir à quel point elle était blême. Le cœur de Phoebe se glaça. Elle était totalement désarmée et se sentait incroyablement inutile.

À quoi me sert mon don si je ne peux pas aider ceux que j'aime ? s'interrogea-t-elle.

Son œil fut attiré par un détail. Il s'agissait d'un petit bout de papier posé à côté du téléphone sur la table de nuit. Elle le prit. Piper y avait laissé un message pour Prue. Appeler Robert, conseillait en gros la petite note. Phoebe lut son numéro de téléphone.

Sans réfléchir, elle s'empara du combiné. Quelques secondes plus tard, le téléphone sonnait dans le vide. Il n'y avait personne. Phoebe hocha la tête et raccrocha, presque soulagée. Qu'aurait-elle dit de toute façon ? « Salut, Robert, c'est Phoebe. Je me demandais si tu étais un sorcier âgé de deux cents ans ou de trois cents ? »

Elle reposa le message puis découvrit l'invitation de Prue à la soirée de Nouvel An de Lloyd Claiborne. Elle caressa des doigts les lettres gravées.

La soirée de Lloyd Claiborne, songea-t-elle. *Elena, Robert et Prue y étaient tous les trois. La demeure de Claiborne renferme-t-elle certaines réponses ?*

Phoebe n'en était pas certaine. En revanche, elle savait pertinemment qu'elle ne pouvait pas attendre plus longtemps ! Elle devait tenter quelque chose pour Prue. Elle eut un dernier regard vers sa sœur qui dormait paisiblement.

Ça va aller, Prue ! lui promit-elle.

Je vais chez Claiborne, décida-t-elle ensuite. *J'ignore ce que j'y découvrirai, mais avec de la chance et un peu de concentration, je pourrai provoquer une vision.*

Elle n'avait aucune autre solution en vue.

Piper jeta un regard circulaire sur la salle de chez *Giovanni*. Des clients élégants étaient installés autour de tables à cocktail ornées de bougies. Ils dégustaient des boissons dans des verres en cristal. Pas étonnant que Claiborne ait utilisé les services de *Giovanni* pour sa soirée du Nouvel An. C'était d'un chic absolu !

Un serveur qui se dirigeait vers la cuisine passa près d'elle à pas précipités.

— Excusez-moi, l'interpella-t-elle.

— Que puis-je pour vous ? s'enquit-il.

— Avez-vous travaillé chez Lloyd Claiborne le soir du Nouvel An ?

— Non, Dieu merci !

— Pourquoi dites-vous ça ?

— Parce que tous les serveurs qui y étaient sont tombés malades. Excepté John, il est là-bas !

Il désigna un homme en smoking qui prenait une commande.

— Merci, murmura Piper, reconnaissante.

Elle attendit impatiemment que John ait fini de prendre sa commande. Enfin, il prit le chemin des cuisines et elle put lui parler.

— Excusez-moi, mais il paraît que vous étiez à la soirée de Claiborne.

Il avait l'air mal à l'aise, prêt à tourner les talons.

— C'est à propos de tous ces hommes qui sont tombés malades ? marmonna-t-il.

— Ce sont plutôt les invités qui m'intéressent. Est-ce que quelque chose vous a semblé inhabituel ?

— Il y avait beaucoup de monde, vous savez.

— Avez-vous remarqué quelqu'un de spécial ? reprit-elle d'un ton neutre.

Son front se plissa.

— Je me souviens de cette femme vêtue de foulards noirs. Elle a tiré les tarots à quelques personnes. Et puis cette fille en rouge !

À ces mots, Piper sursauta. Prue avait mentionné que tout le monde était en noir sauf elle. Il parlait bien de sa sœur !

— Pourquoi vous souvenez-vous de cette femme en rouge ?

Le serveur haussa les épaules.

— Après minuit, elle s'est mise à embrasser tous ceux qui passaient à sa portée, sauf moi ! Maintenant, bien sûr, je suis ravi qu'elle ne l'ait pas fait !

— Pourquoi êtes-vous content ? demanda Piper en fronçant les sourcils.

— Parce que je suis le seul parmi les serveurs qui ont travaillé ce soir-là à ne pas être malade. Tous les autres sont à l'hôpital. Peut-être qu'elle avait une maladie contagieuse, plaisanta-t-il.

Et il se croit drôle, se dit Piper, assommée. *Mais il se pourrait bien qu'il ait trouvé le lien. Si Prue a embrassé les serveurs et qu'ils sont tombés malades... Elle a embrassé Billy et il est au plus mal...* (Son cœur battait plus fort.) *Et le livreur. Je l'ai vu à l'hôpital... après le baiser de Prue.*

Lascaris ! C'est donc vrai. Il s'est échappé ! Il tient Prue en son pouvoir. Il utilise exactement le même maléfice qu'il y a des siècles !

Piper sentit la peur fondre sur elle.

— Votre renseignement est très précieux pour moi. Merci.

— De rien, répliqua le serveur.

Piper courut vers la sortie. À quelques pâtés de maisons du restaurant, elle fouilla dans son sac à la recherche de son portable. Elle se souvint en grimaçant de l'endroit précis où elle l'avait laissé à la maison : sur le comptoir de la cuisine.

Elle se traita d'idiote. En plus, elle n'avait même pas de monnaie pour passer un coup de fil !

Il ne lui restait plus qu'à rentrer à la maison pour tout raconter à Phoebe. Elle se remit en route, quand une autre pensée la stoppa net. Jake ! Ils avaient rendez-vous au Presidio ce jour-là. Piper consulta sa montre et poussa un gémissement. Impossible de le prévenir pour annuler ! Il était sûrement déjà au parc !

Je ne peux pas le planter une deuxième fois ! décida-t-elle.

Paniquée, Piper prit la direction du Presidio. Elle descendit de voiture, le cœur battant. Comment allait-elle expliquer à Jake…

Et puis elle le vit, assis sur une couverture sous un grand arbre. Il farfouillait à l'intérieur d'un panier en osier et installait le déjeuner pour le pique-nique.

Le cœur de Piper se serra. Elle ne pouvait pas croire qu'il se soit donné autant de mal après toutes ces déconvenues.

Il l'aperçut, lui adressa un grand sourire et sauta sur ses pieds.

— Piper ! s'exclama-t-il joyeusement.

— Oh, Jake ! lâcha-t-elle en sachant qu'elle devait lui annoncer qu'elle ne pouvait rester.

Elle traversa la pelouse, l'estomac contracté comme s'il était oppressé par un épais bandage. Elle ne voulait pas blesser le jeune homme. En revanche, elle ne pouvait pas tout lui expliquer. Leur liaison avait à peine commencé. Il était prématuré de lui révéler son secret le plus cher.

— Comme tu es belle, lui dit-il alors qu'elle s'approchait de lui.

« Belle. »

Il avait dit cela avec un tel accent de sincérité qu'elle se sentit encore plus honteuse. Piper aurait aimé ne pas l'abandonner une fois de plus, mais elle devait rentrer à *Halliwell Manor* pour mettre Phoebe au courant : c'était bel et bien Lascaris qui avait envoûté Prue. Restait à savoir comment et quand cela était arrivé…

La pointe de sa chaussure heurta une pierre. Piper perdit l'équilibre et tomba, manquant de peu une tarte aux airelles.

Des bras costauds la retinrent juste à temps. Mortifiée, elle se retrouva nez à nez avec Jake, collée contre sa poitrine.

Il glissa son doigt sous son menton et lui releva le visage.

— Je savais bien que tu finirais par tomber à mes pieds !

Elle lui sourit, un peu embarrassée.

— Tu sais, on m'a tiré les cartes et il paraît que cette année, je vais beaucoup attirer l'attention. Je n'avais pas imaginé que ce serait de cette façon !

Jake la serra plus fort contre lui.

— Eh bien ! Tu as toute mon attention, dit-il en se penchant vers elle.

Il va m'embrasser, pensa-t-elle. *Et j'en meurs d'envie.*

Elle renversa la tête en arrière dans l'attente de son baiser.

Piper se recula soudain :

— Je ne peux pas rester.

Jake se dégagea brusquement, comme sonné.

— Comment ? Pourquoi ?

— J'ai… J'ai un truc à faire.

— Aller voir Billy ?

— Non, pas du tout !

Elle lut de la déception dans ses yeux. Elle aurait vraiment voulu lui en dire plus.

— Je suis désolée. Je ne peux pas t'expliquer…

— Ne t'inquiète pas. Je ferai semblant de créer un décor pour un film dans lequel le héros et l'héroïne vont pique-niquer. Et à la fin, elle le plaque ! commenta-t-il, sarcastique.

Piper avait conscience de l'avoir vexé une fois de plus.

J'arrangerai tout cela entre nous plus tard, se promit-elle.

Elle s'excusa encore une fois, puis se hâta vers sa voiture.

Elle devait rentrer à la maison. Phoebe et Prue l'attendaient.

Pourquoi n'ai-je pas compris cela avant ? se demanda-t-elle. *Quel que soit le mal qui ronge Prue, il a commencé son œuvre au moment de ce baiser de minuit le soir du Nouvel An !*

CHAPITRE 12

Son champ de vision réduit à un étroit tunnel, Prue contemplait les ombres de la fin d'après-midi qui se glissaient dans sa chambre. Elle retenait ses larmes et essayait de ne pas céder à la terreur.

Cela faisait un bon moment que ses sœurs n'étaient venues voir comment elle allait. Et si elles étaient parties, la laissant seule dans la maison ? Personne ne se rendrait compte qu'elle était en train de mourir, lentement, atrocement.

Elle ne ressentait aucune douleur mais percevait simplement que la vie la quittait.

Elle essaya de s'asseoir, mais ses muscles ne réagirent pas. Impossible de rouler sur le côté. Elle ne pouvait que rester allongée dans son lit. Et bientôt dans son cercueil…

Elle se sentait en apesanteur, comme si son esprit était seul à survivre, comme si son corps avait abandonné la lutte et s'était déjà rendu à l'évidence.

Elle tenta de hurler, de parler, de pousser des gémissements. Quand bien même elle aurait réussi, elle ne pouvait en avoir aucune conscience. Ses oreilles n'entendaient rien.

Elle ne sentait pas plus le pot-pourri qu'elle conservait dans une coupe en faïence sur sa coiffeuse, ni l'odeur citronnée des draps due à l'assouplissant que Phoebe aimait utiliser quand elle faisait la lessive.

Le tunnel se refermait, sa vue diminuait de plus en plus. Elle n'osait pas fermer les yeux, par crainte de découvrir, dès lors qu'elle les rouvrirait, le même spectacle que lorsqu'ils étaient clos : l'obscurité !

Elle se concentra sur les derniers rayons de soleil qui filtraient et qu'elle percevait encore faiblement.

La réalité quotidienne s'effaçait ; elle constatait avec effarement que la prédiction d'Elena se réalisait. *Combien de temps ?* s'inquiéta-t-elle. *Combien de temps avant que je sois totalement encerclée par les ténèbres ?*

— Je n'autorise habituellement pas les visiteurs imprévus à pénétrer chez moi, déclara Lloyd Claiborne à Phoebe qui venait de franchir le seuil de sa demeure.

La magnificence du lieu lui coupa le souffle. Pas étonnant que Prue ait eu envie de se rendre à sa soirée ! Elle avait dû se croire au paradis, entourée de ces œuvres d'art et de ces meubles anciens.

Phoebe serra les poings.

Viens, vision. Viens en moi. Prue était là. Dis-moi ce que je dois savoir.

— Je suis désolée de ne pas m'être annoncée, mais Prue est malade. J'ai quelques questions à propos de votre soirée du Nouvel An, expliqua-t-elle à Claiborne.

— Comme tout le monde, soupira-t-il. Je commence à regretter d'avoir organisé cette soirée. Et naturellement, j'espère que Prue va recouvrer la santé rapidement. Que voudriez-vous savoir ?

— Vous souvenez-vous d'une certaine Elena ?

Il fit la moue, puis secoua la tête.

— Je ne connais pas ce nom. Si elle est entrée ici, ce devait être avec un de mes invités.

— Et Robert Gaillard ?

— Ah, Robert ! Oui, je le connais bien !

Elle vit du respect s'afficher dans les yeux de Claiborne. Il valait mieux rester discrète pour éviter de commettre une maladresse. Peut-être Claiborne travaillait-il avec Robert…

— J'ai rencontré Robert il y a peu, confia Phoebe. Prue m'a appris qu'il était antiquaire.

— Un des meilleurs ! Je traite avec lui depuis dix ans. Venez avec moi dans la bibliothèque, je vais vous montrer le jeu d'échecs que je lui ai acheté — en cristal et en topaze. Il est tout à fait extraordinaire.

Je n'ai aucune envie d'aller voir un jeu d'échecs, se lamenta Phoebe. *Je veux découvrir ce qui s'est passé lors de votre fête.*

Mais elle suivit tout de même Claiborne dans le grand escalier qui menait à la mezzanine.

Phoebe aperçut à travers la porte entrouverte des murs couverts de livres. Elle passa devant une vitrine de verre : son regard fut attiré par les trois parures scintillantes qui y étaient exposées.

Le cœur battant, elle s'arrêta. Elle s'extasia devant un magnifique collier, une émeraude éclatante sertie d'or. Les deux mains placées sur la vitrine ; elle concentra son regard sur le bijou.

Vision, viens en moi, ordonna-t-elle en silence tout en se rapprochant davantage de la vitrine. *Il faut que j'aie une vision*, se répétait-elle désespérément. *Vois, vois quelque chose, Phoebe !* hurlait son esprit.

Phoebe plissa le front, se concentrant pour appeler les images qui aideraient Prue. Elle sentit ses muscles se tendre et la douleur jaillir entre ses tempes.

— Tout va bien ? demanda Claiborne.

— Euh, je... J'admirais les bijoux, répondit-elle en se forçant à ouvrir les yeux.

— Les yeux fermés ?

Elle respira profondément et se frotta les tempes.

Ce mal de tête ne va pas me quitter de toute la journée !

— J'imaginais l'effet qu'ils feraient sur moi, improvisa-t-elle.

— Un très bel effet, j'en suis persuadé. Vous m'interrogiez à propos de Robert tout à l'heure. En fait, il est en train de m'acheter le collier à l'émeraude pour sa boutique en France.

— Connaissez-vous l'histoire de ce bijou? demanda Phoebe, à la recherche de tout indice qui pourrait l'aider.

— Il vient de France. Et il a au moins trois cents ans. C'est en fait tout ce que je sais, mis à part la taille et le poids de la pierre, répondit-il en haussant les épaules.

De France, comme Lascaris et comme Robert, songea Phoebe.

— Allons voir le jeu d'échecs maintenant, proposa Claiborne, et il la conduisit dans la bibliothèque.

Bien que son mal de tête empirât, Phoebe essayait de se concentrer sur le jeu d'échecs. Elle déplaça même un chevalier en cristal et une reine en topaze sur l'échiquier. Le jeu était magnifique, mais ne lui apprit rien de plus. Pas de visions, pas de vibrations. Rien sur Robert. Elle secoua la tête et massa ses tempes.

— Je suis désolée, monsieur Claiborne, s'excusa-t-elle, mais je dois partir. Je vous remercie pour votre aide.

Elle quitta la pièce et repassa devant la vitrine. Sa tête était tout endolorie. Soudain une lumière l'éblouit. Une décharge électrique la secoua. *J'ai réussi. Une vision!*

Phoebe ferma les yeux et des images commencèrent à se former dans son esprit.

Prue enlacée dans une étreinte passionnée avec un homme portant un manteau orné des symboles de la carte à la tour noire.

Ils s'embrassent.

Il la dépose sur le sol comme un paquet sans vie.

La carte à la tour tombe doucement du jeu d'Elena.

Elle atterrit sur les lèvres de Prue.

Un dernier baiser de mort...

Orné des symboles de la carte à la tour noire.

Phoebe sortit de sa transe, tremblant de tous ses membres. La signification de la vision n'était pas vraiment claire. Une seule chose l'était... *Prue n'a plus beaucoup de temps à vivre ! Il faut que je rentre !* s'affola Phoebe.

CHAPITRE 13

Phoebe se tenait debout près du lit de sa sœur. Celle-ci était dans un état atroce. Ses yeux se révulsaient. Phoebe vit alors les lèvres de Prue bouger très légèrement. Elle se pencha et colla son oreille à sa bouche.

— Les ténèbres, articula Prue.

— Tu ne parles pas de la nuit, n'est-ce pas ? demanda Phoebe au bord des larmes. Tu veux dire que tu es encerclée par les ténèbres, pas vrai ?

Prue ferma les paupières, soulagée que sa sœur l'ait comprise.

— Ne t'inquiète pas, la rassura Phoebe, faussement confiante. Piper et moi avons deviné ce qui se cache derrière tout cela. Nous allons trouver un moyen d'arrêter cette horreur. Contente-toi de tenir le coup.

Elle sortit de la pièce et gravit à la hâte les marches qui menaient au grenier. Elle se précipita sur *Le Livre des Ombres* et l'ouvrit à la page qui décrivait Lascaris. Calmement, elle relut les mots pour tenter de découvrir un éventuel message secret.

Le récit était sans détour, mais il devait y avoir un indice quelque part. Il avait été mis en prison et s'en était échappé.

Où était située sa geôle ? Qui l'y avait enfermé ? Et comment avait-il réussi à s'échapper ?

Bien, se dit Phoebe, *essayons d'aborder le problème sous un autre angle. Qui n'est pas tombé malade parmi les individus que Prue a embrassés ? Un fantôme de minuit et Robert. Peuvent-ils être une seule et même personne ? Ou alors, est-ce que le fantôme de minuit serait également tombé malade ? Comment le savoir puisque personne ne le connaît ?*

En tout cas, Robert, lui, était en pleine forme. Et si Lascaris et Claiborne n'étaient qu'une seule et même personne ? Après tout, il était bien placé pour établir la liste de ses propres invités ! Il avait accueilli Prue. Mais l'avait-il embrassée ? Tant de qui, de quoi, de pourquoi et de si !

Piper déboula en trombe dans le grenier : Phoebe sursauta violemment.

— J'ai trouvé le lien entre les malades de la soirée du *Quake* et celle de Claiborne, lâcha Piper, essoufflée. Prue les a tous embrassés. Donc, le maléfice — ou quoi que ce soit d'autre — a forcément commencé avec le type qui l'a embrassée à minuit.

— Je suis allée chez Claiborne et j'ai eu une vision. Lascaris embrassait Prue. Il lui arrachait la vie, renchérit Phoebe.

— Donc il s'est bel et bien échappé ! conclut Piper.

— Mais quel lien avec Claiborne ou sa maison ? Pourquoi est-ce là-bas que j'ai eu cette vision ?

— As-tu vu comment il s'était échappé ?

— Non. Et j'ignore aussi de quelle façon l'emprisonner à nouveau.

Elle s'interrompit et bondit en arrière pour s'éloigner du *Livre des Ombres*. Les pages du livre tournaient toutes seules et à toute vitesse.

— Qu'est-ce... qu'est-ce que c'est ? bredouilla-t-elle.

— Il essaie de nous dire quelque chose ! cria Piper.

Phoebe s'approcha à nouveau mais avec précaution du pupitre. Elle examina la page à laquelle le livre s'était ouvert. On y voyait un collier — une magnifique émeraude sertie d'or.

— Je n'aime pas ça ! déclara Phoebe. Claiborne m'a montré ce collier. Il le vend à Robert pour sa boutique en France !

Quand Phoebe déchiffra la petite notice sous le bijou, son sang ne fit qu'un tour.

— Le collier d'émeraude appartenait à une sorcière ennemie d'un démon extrêmement puissant du nom de Lascaris. La sorcière l'emprisonna à l'intérieur de l'émeraude à l'aide d'un sortilège qui ne donnait au démon qu'une chance de prendre la fuite, à minuit une, le Jour de l'An de chaque siècle !

Avec une excitation grandissante, Phoebe se tourna vers Piper.

— OK ! Je sais exactement ce qui s'est passé. Lascaris, plus connu sous le nom de Robert, s'est échappé du collier d'une façon que nous ignorons lors de la soirée chez Claiborne !

— Impossible, Phoebe. Nous avons rencontré Robert cet après-midi-là avant la soirée, ce qui signifie qu'il n'est pas Lascaris. Claiborne aussi est blanc comme neige puisque Prue nous a dit qu'elle travaillait avec lui depuis longtemps.

— Alors qui est Lascaris ?

— Quelqu'un que nous ne connaissons pas, quelqu'un que nous n'avions jamais vu avant minuit ce jour-là, affirma Piper avec assurance.

Phoebe entendit Prue gémir depuis sa chambre. Elle murmura alors :

— Imagine qu'il s'agisse d'un être qu'on ne puisse pas voir du tout ?

— Qu'est-ce que tu veux dire ? s'exclama Piper.

Phoebe saisit Piper par les épaules.

— Ma vision a surgi chez Claiborne au moment où je me trouvais près de la vitrine qui contient le collier. Et si Prue se tenait là à minuit ? Souviens-toi. Elle a dit que les lumières s'étaient éteintes. Elle a embrassé quelqu'un. Et quand la lumière est revenue, il n'y avait plus personne.

— Est-ce que tu penses à ce que je pense ? intervint Piper.

— L'esprit de Lascaris s'est échappé du collier à minuit et a pénétré d'une manière ou d'une autre à l'intérieur de Prue grâce au baiser !

— Allons, essayons d'être un peu rationnelles ! reprit Piper en faisant les cent pas.

— Il s'agit d'un démon. Rien de rationnel chez ces monstres ! lui fit remarquer Phoebe. Lascaris était enfermé dans l'émeraude depuis Dieu sait quand ! Il était probablement affaibli quand il s'en est échappé mais trop fragile pour récupérer la force vitale nécessaire à sa survie à l'extérieur. C'est la raison pour laquelle il a contraint Prue à embrasser des types pour leur voler leurs forces ! Voilà pourquoi tous ceux qu'elle a embrassés sont tombés malades. Mais pendant que Lascaris se fortifie, Prue s'affaiblit, car il l'utilise comme courroie de transmission !

Piper blêmit.

— Tu n'aurais pas pu accoucher d'une théorie un peu moins alambiquée ?

— Désolée, marmonna Phoebe.

— Bon, admettons que tu aies vu juste. Que fait-on alors ?

— Il faut tendre un piège à ce démon, décida Phoebe. Et pour cela, nous devons absolument récupérer l'émeraude.

— Phoebe, on peut nous expédier en prison pour vol ! souffla Piper en sonnant à la porte de Lloyd Claiborne.

— Seulement si on se fait pincer, s'entêta Phoebe. Et toi, tu as un pouvoir pour nous aider.

Un maître d'hôtel ouvrit la porte. D'un geste de la main, Piper gela le temps. La bouche de l'homme resta ouverte. Une brise avait soulevé son toupet, le rabattant au-dessus de son cuir chevelu.

— Vite, Phoebe ! ordonna Piper, je ne sais jamais quand le temps reprend son cours !

Elle suivit sa sœur à l'intérieur de la maison. Elles traversèrent l'entrée et montèrent à toutes jambes jusqu'au deuxième étage. On ne percevait que l'écho de leurs pas sur le sol de marbre. De plus en plus nerveuse, Piper jeta un œil alentour. Phoebe s'arrêta devant une vitrine en verre.

— Oh, non ! gémit-elle. Je n'arrive pas à le croire !

— Quoi ? Qu'est-ce qu'il y a ? demanda Piper, redoutant la réponse.

— Il n'est plus là ! Le collier n'est plus là !

— Génial ! marmonna Piper. Et maintenant, qu'est-ce qu'on fait ?

— Espérons que Robert ne l'a pas encore acheté et qu'il est toujours ici, répondit Phoebe.

— Et où peut-on le trouver, selon toi ?

— Allons voir dans la bibliothèque de Claiborne.

— Pourquoi là ?

— Parce que c'est la seule autre pièce qu'il m'ait fait visiter !

Phoebe semblait paniquée. Piper s'abstint donc de poser des questions et se contenta de chercher le collier. Elle suivit Phoebe dans la bibliothèque, en passant devant une horloge comtoise. Pas de tic-tac, pas un bruit. Son don avait beau répandre également le silence, elle continuait à s'en étonner.

Derrière le bureau massif de Claiborne, Phoebe ouvrait frénétiquement les tiroirs et brassait les papiers. Piper approcha prudemment. Elle remarqua, posée sur le coin du bureau, une grande boîte recouverte de velours. Elle l'ouvrit et put contempler le sensationnel collier.

— Voici ce que nous cherchons !

Phoebe poussa un soupir de soulagement.

— Il doit s'apprêter à le vendre à Robert.

— Ce qui signifie que nous n'avons pas beaucoup de temps, répliqua Piper. Sortons d'ici.

Piper retira le collier de la boîte et le serra dans ses mains. Elle reposa la boîte sur le coin du bureau, à l'endroit même où elle l'avait trouvée. Puis elle quitta la bibliothèque et retraversa l'entrée, Phoebe sur les talons.

Elle se sentit soulagée une fois la porte franchie, et totalement en sécurité dès qu'elle fut de retour dans sa voiture.

— On l'a ! s'écria-t-elle.

— Retournons vite voir Prue, intervint Phoebe.

Le temps reprit son cours normal au moment où Piper se mettait au volant pour rejoindre *Halliwell Manor*. Quand elle s'arrêta devant la maison, son sang ne fit qu'un tour : Jake se tenait sous le porche de l'entrée principale.

— On a de la compagnie, murmura Phoebe.

— Il ne pouvait pas tomber plus mal, bredouilla Piper d'une voix blanche.

Elle n'avait pas d'autre choix que de lui demander de s'en aller.

— Il va falloir que tu te débarrasses de lui vite fait, l'avertit Phoebe.

— Sans blague !

Piper lui remit le collier et descendit de la voiture.

Jake vint à sa rencontre, un sourire aux lèvres.

— Piper, on n'a pas beaucoup de temps, glissa Phoebe. Je prépare tout.

Phoebe se précipita à l'intérieur. Jake la dévisagea d'un air surpris.

— Pourquoi est-elle si pressée ? Il y a le feu ?

— Pas le feu, non, expliqua Piper. Nous avons juste… une urgence !

— J'ai l'impression que le moment est mal choisi pour arriver à l'improviste !

Tu ne crois pas si bien dire, pensa Piper.

— Je n'ai pas aimé la façon dont notre pique-nique s'est terminé, affirma Jake calmement.

— Moi non plus.

Il lui prit la main et elle sentit une vague de chaleur l'envahir.

— Tu me plais, Piper. J'ai envie de te connaître mieux, avoua-t-il en plantant ses yeux dans les siens.

— Moi aussi, mais…

— Si je perds mon temps, dis-le tout de suite !

— Non, je t'aime bien aussi, le détrompa Piper. Et même beaucoup.

— Tous nos rendez-vous se terminent avant même d'avoir commencé.

Il caressa sa joue avec la paume de sa main.

— Toute la journée, toute la nuit, je ne pense qu'à toi. Je me demande sans cesse ce que serait un baiser de toi.

Elle avala sa salive, émue.

— Accepterais-tu que je t'embrasse, là, tout de suite ?

Piper esquissa un sourire. Jake posa ses mains sur son visage et approcha sa bouche de la sienne.

— Piper, j'ai besoin de toi ! cria Phoebe. Tout de suite !

Les lèvres de Jake n'effleurèrent même pas Piper. Elle jeta un coup d'œil vers la maison. Phoebe était à la fenêtre de la chambre de Prue, au deuxième étage.

Piper se retourna vers Jake.

— Il faut que j'y aille !

— Est-ce qu'il y a quelque chose qui ne va pas ? Je peux aider ?

Piper l'aurait souhaité.

— Non, tout va bien, nous avons juste un contretemps... un truc à régler entre sœurs.

— Tu es sûre ? demanda-t-il en desserrant son étreinte.

— Dépêche-toi ! s'impatienta Phoebe.

— S'il te plaît, Jake, ne renonce pas à moi. Je dois absolument y aller et je n'ai pas le temps de t'expliquer.

Le cœur battant, elle se précipita dans la maison, l'abandonnant au beau milieu de la pelouse.

Elle monta l'escalier et atteignit la chambre de Prue en quatrième vitesse. Elle s'arrêta net, le cœur soulevé à la vue de sa sœur aînée allongée dans son lit. La peau de Prue avait perdu tout son éclat. Ses os perçaient sous sa chair desséchée. Elle avait des cernes bleu foncé. Sa respiration était faible et oppressée, comme si une main enserrait sa gorge.

— Allons consulter *Le Livre des Ombres*, proposa Phoebe.

Piper acquiesça et la suivit au grenier.

— Une formule ! supplia Phoebe en posant le collier sur le pupitre à côté du livre. Nous avons besoin de la formule magique qui renverra son esprit à l'intérieur de l'émeraude.

Elle se mit à tourner les pages avec frénésie.

Phoebe s'arrêta et poussa un soupir de soulagement.

— J'ai trouvé. Écoute ça !

Les cendres aux cendres, la poussière à la poussière.
Nous t'emprisonnons parce que nous devons le faire.
Ton pouvoir maléfique affaiblissons ensemble
Pour épargner les innocents, pour protéger les humbles.
En prison tu iras,
Jamais plus notre ennemi tu ne seras.

Piper éprouva elle aussi un immense réconfort.

— Voilà qui devrait marcher ! Nous avons besoin de… de cendres, de toiles d'araignée, de sauge, de gui et de bougies, lut-elle.

— Je vais chercher des cendres dans la cheminée du salon, décida Piper. Les bougies, ce n'est pas un problème et j'ai de la sauge dans la cuisine.

— Je m'occupe du gui et des toiles d'araignée, ajouta Phoebe en sondant le grenier du regard. Je suis sûre que je peux trouver tout cela ici.

— Et ensuite ?

— Je ne sais pas, avoua Phoebe. Le pouvoir des Deux ?

CHAPITRE 14

De plus en plus effrayée, Prue constatait que son champ de vision se réduisait inexorablement. Elle n'apercevait plus qu'un petit point de lumière. Quelques instants plus tard, la lueur s'éteignit tout à fait.

Pourtant, même plongée dans l'obscurité, elle voyait clairement le mystérieux inconnu. Dans son esprit, il était plus réel que jamais.

Il posa sa main glacée sur son front.

— Le moment est venu pour toi de tout savoir, déclara-t-il d'une voix grave. Tu m'appartiens, désormais. Tu es sous mon contrôle.

— Mais tu m'as dit que mes baisers te donnaient la vie, lui rappela-t-elle.

— Seulement quand tu embrasses d'autres hommes. C'est à travers toi que j'acquiers la vitalité d'hommes jeunes. La force nécessaire pour me maintenir en vie.

Maintenant Prue comprenait que ce n'était pas elle qui était obsédée par les baisers, mais lui. Elle ressentait son besoin d'énergie à lui : chaque baiser nourrissait ce monstre !

— Robert, chuchota-t-elle faiblement.

L'inconnu grommela et s'éloigna d'elle.

— L'énergie de Robert aurait pu me donner beaucoup, mais tu as été si lente. Tu as attendu ce baiser trop longtemps.

Prue se souvint des choses cruelles qu'elle avait dites à Robert. Lui pardonnerait-il un jour? Elle se sentit écrasée par la culpabilité. À partir du moment où ce fantôme l'avait embrassée, il s'était emparé d'elle pour contrôler ses pensées et ses actions.

Avec une lucidité extrême, elle réalisa qu'elle ne pouvait plus le servir comme il l'exigeait. Il n'allait pas tarder à se débarrasser d'elle. Il n'était pas l'homme de ses rêves, mais un esprit parasite qui la vampirisait en l'habitant.

Il était à l'intérieur d'elle, faisait partie d'elle, la coupant du monde réel qui l'entourait, pour que son univers se limite uniquement à lui.

Prue remarqua alors qu'il arborait une tenue rouge sang. Les mêmes dessins dorés qui figuraient sur la carte à la tour décoraient son habit : des symboles de puissance et de destruction. Il flottait derrière un grand autel en or et étendit ses mains sur Prue. De longs doigts avec des ongles qui ressemblaient à des serres.

Des anneaux de lumière rouge encerclaient chacun de ses doigts tandis qu'il élevait ses mains au-dessus de sa tête. Du feu jaillit des cercles.

Il se mit à rire, ses yeux maléfiques scintillaient. Prue n'était qu'une victime sur le point d'être sacrifiée.

Non, pensa-t-elle tandis que ses sens faiblissaient. *Je ne partirai pas sans résister.*

Son pouvoir la terrifiait. Et cependant elle savait qu'elle allait lui résister et s'opposer une dernière fois avec un courage chancelant.

— Viens là, ordonna-t-il.

Sa voix l'absorbait en l'enveloppant tel un linceul.

Je ne bougerai pas, se jura-t-elle. *Je ne permettrai pas que cela arrive.*

Mais ses jambes remuèrent malgré elle.

Non ! cria son esprit. *Je ne viendrai pas à toi.*

Elle était hélas incapable de s'arrêter : elle allait vers l'autel où il l'attendait avec un air triomphant.

Avec l'aide de Piper, Phoebe installa Prue sur un vieux canapé dans le grenier. Elle n'était même pas sûre que Prue s'en soit rendu compte.

On aurait dit que ses bras et ses jambes, son corps entier, avaient capitulé. Prue était inconsciente, mais elle marmonnait des paroles incohérentes.

Le démon l'avait mise hors de leur portée.

— J'ignore si cette formule magique va agir, s'exclama Piper. Je ne sais même pas pourquoi nous avons fait monter Prue ici.

— Nous avons besoin du Pouvoir des Trois pour renvoyer l'esprit de ce démon dans le collier, affirma Phoebe. À deux, on ne s'en sortira pas.

— Par quoi je commence ? demanda Piper.

— Dessine un grand ovale sur le sol. Ensuite, nous installerons Prue au centre.

Phoebe posa des bougies tout autour de la zone dessinée par Piper. Lorsque sa sœur eut fini, Phoebe répandit de la sauge.

— Pour la pureté, déclara-t-elle.

Puis elle brisa les petites baies blanches de gui et les plaça sur le bord extérieur de l'ovale.

— Les amoureux se rencontrent et s'embrassent sous le gui. Désormais, celui-ci restituera le pouvoir qu'il vole par ses baisers.

Au centre de l'ovale, elle étala les toiles d'araignée.

— Pour capturer tes prières.

— Bien. Maintenant, amenons Prue au centre.

Ensuite, tout en récitant à voix basse l'incantation du *Livre des Ombres*, Phoebe alluma les bougies les unes après les autres, jusqu'à ce qu'un cercle de feu entoure la malade. Puis elle s'empara de l'émeraude et la déposa sur la poitrine de Prue, dont le cœur battait très faiblement.

— Et si ça ne marche pas ? murmura Piper.

— Tais-toi, ordonna Phoebe. On manque de temps, il n'y a peut-être qu'une seule chance. Entre à l'intérieur du cercle et agenouille-toi. Donnons-nous la main, ajouta-t-elle en saisissant la main de Piper et celle de Prue. Et souvenez-vous, ce n'est jamais qu'un esprit de démon. Une sorcière l'a emprisonné jadis. Cette fois, il est face à trois sorcières. Je prononcerai en premier l'incantation, puis nous la répéterons ensemble. Si Prue est trop faible, elle se contentera d'y penser de toutes ses forces.

Piper acquiesça et Phoebe lui pressa légèrement la main pour l'encourager. Elle prit une grande inspiration avant de commencer.

La porte du grenier s'ouvrit alors violemment. Elena se tenait sur le pas de la porte, ses foulards voletant autour d'elle.

Terrifiée, Phoebe lâcha la main de Piper et se releva immédiatement.

— C'est comme dans ma vision, hurla-t-elle, elle est venue pour tuer Prue !

CHAPITRE 15

Elena !

Comment est-elle entrée ? s'interrogea Piper. *Et que veut-elle ?*

Piper suivit Phoebe qui traversait le grenier. Elles saisirent Elena par les bras et la poussèrent ensemble contre le mur, afin de l'éloigner de Prue.

— Je suis ici pour vous aider, leur déclara Elena.

— Oui, bien sûr, dit Piper. Et comment avez-vous fait pour entrer ici ?

— J'ai crocheté la serrure de la porte d'entrée.

— Et vous voulez qu'on vous fasse confiance ? ironisa Piper.

— Vous ne comprenez pas…

— Je pense que si, au contraire, rétorqua Phoebe.

Qu'est-ce qu'on fait maintenant ? songeait Piper, paniquée. *On ne peut pas la laisser partir. Et il est hors de question de la mettre au courant de nos pouvoirs.*

— Phoebe, tu peux la tenir ?

Phoebe resserra son étreinte sur la cartomancienne.

— Pour l'instant !

Piper se précipita sur un vieux coffre abandonné dans un coin et attrapa plusieurs longueurs de corde, qu'elle rapporta à Phoebe.

Phoebe força alors Elena à se retourner. Malgré les protestations de la jeune femme, Piper lui serra les bras derrière le dos et attacha ses mains. Puis elle la fit se retourner dans l'autre sens.

— Je peux faire quelque chose, insista Elena. Je *dois* vous aider. Les cartes me l'ont dit.

— Non ! riposta Phoebe.

— Je vous jure que je suis ici pour vous aider. Vous devez me croire, supplia encore Elena.

— Alors pourquoi lisiez-vous les cartes à Robert Gaillard ? attaqua Piper.

Elena haussa les épaules.

— Je l'ai rencontré à la soirée de Lloyd Claiborne. Il est venu me voir pour savoir si votre sœur l'aimerait un jour. C'est la vérité, insista Elena.

— Pourquoi vous être enfuie quand vous m'avez vue au *Railyard Café* ? demanda Piper.

— Parce que je savais qu'il y avait un maléfice qui pesait sur vous toutes ! Je ne voulais pas être impliquée, confessa Elena. Ensuite j'ai lu les cartes pour moi. Elles ont été très claires, il fallait que je vous trouve pour vous secourir. Mais je ne sais pas de quelle manière.

— Restez en dehors de tout cela, conseilla Piper, pas convaincue du tout.

Prue geignait, sa poitrine gonflait puis s'affaissait comme écrasée par un poids. La sueur perlait à son front.

— On n'a pas de temps à perdre. Prue doit s'en sortir !

— Si on mettait Elena dans l'entrée ? suggéra Phoebe.

— Non ! supplia Elena comme elles la traînaient jusque dans la cage d'escalier.

Piper l'attacha à la rampe avec une autre corde. La jeune femme continuait à protester alors que les deux sœurs étaient déjà revenues dans le grenier.

— Sans moi, vous n'y arriverez pas ! hurla-t-elle. Je l'ai lu dans les cartes.

Piper suivit Phoebe à l'intérieur du cercle.

— Dépêche-toi ! On est en train de la perdre ! murmura Phoebe. Son pouls diminue et sa respiration est très faible.

Piper s'agenouilla, prit la main de Phoebe, puis celle de Prue. Phoebe respira profondément et lança l'incantation :

J'en appelle au Pouvoir des Trois,
Les cendres aux cendres, la poussière à la poussière.
Nous t'emprisonnons Lascaris car nous sommes les sorcières.
Ton pouvoir maléfique affaiblissons ensemble
Pour épargner les innocents, pour protéger les humbles.
En prison tu iras,
Jamais plus notre ennemi tu ne seras.

Piper ferma les yeux et répéta à deux reprises l'incantation avec Phoebe. La troisième fois, elle sentit un flux d'énergie. Elle ouvrit les yeux.

Prue semblait toujours dans le même état. Sa respiration était faible, son visage pâle comme la mort.

Piper était folle de terreur. L'incantation avait échoué. Sa sœur était en train de mourir ! Phoebe caressa de la main le visage de Prue en refoulant ses larmes.

— Où avons-nous commis une erreur ? gémit Piper.

— Nulle part, répondit Phoebe. Prue est trop faible pour participer à la chaîne. Le Pouvoir des Trois est incomplet, il n'y a donc aucun espoir de la sauver.

CHAPITRE 16

Phoebe n'arrivait pas à y croire. Elles avaient été vaincues par les ténèbres de Lascaris ! Prue dépérissait de plus en plus. Elle fuyait là où elles seraient incapables d'aller la chercher — bien au-delà du royaume où elles exerçaient leurs pouvoirs magiques.

— Il doit bien exister une formule assez puissante pour fonctionner avec notre seule force à toutes les deux ! s'exclama-t-elle. (Elle frappa du poing sur *Le Livre des Ombres*.) Un être démoniaque aux pouvoirs puissants doit être renvoyé dans sa prison mais nous ne savons pas comment... À moins que... (Elle repensa à sa vision.) Elena...

— Tu lui fais confiance ? s'écria Piper, ahurie.

— Non, mais elle est notre dernière chance.

Piper courut ouvrir la porte du grenier, rejointe dans la cage d'escalier par sa sœur. Elena leva la tête, apeurée.

Elle sait quelque chose, j'en suis sûre ! songea Phoebe.

Piper s'accroupit devant Elena.

— Parlez-nous de la carte de tarot qui annonçait que Prue serait encerclée par les ténèbres.

Elena lança un regard vers Phoebe avant de reporter son attention sur Piper.

— Il s'agit de la carte la plus puissante du jeu, et la plus macabre. Dans ma famille, on est persuadé que ce sont les cartes qui vous choisissent. Quand je les tire, ce sont elles qui viennent dans ma main. J'ai toujours été soulagée de ne pas voir apparaître la carte à la tour. Je ne l'avais jamais sortie auparavant.

Sa voix était empreinte d'une telle sincérité que Phoebe avait du mal à ne pas la croire.

— Et les cartes de tarot vous ont dit de venir ici ? demanda-t-elle.

Elena acquiesça à contrecœur.

— Je sais seulement que vous avez besoin de moi pour sauver votre sœur. J'espérais que vous connaîtriez mon rôle.

— Eh bien, nous ne savons pas ! jeta Piper d'un ton cassant. Nous ne savons pas, et notre sœur est en train de mourir !

Phoebe se leva lentement, en repensant très fort à sa récente vision.

— Attends une minute ! J'ai peut-être une idée. (Elle se tourna vers Piper et lui prit le bras.) Quand j'ai eu cette vision d'Elena au-dessus de Prue, j'avais cru qu'elle était là pour lui faire du mal. Peut-être me suis-je trompée ? Et si elle était de notre côté ?

Le regard de Piper se posa sur la diseuse de bonne aventure.

— Et si tu te trompes ? Et si elle est au service de Lascaris ?

— Lascaris ? intervint Elena.

— Un démon qui arrête le choix de ses victimes grâce aux cartes, lui expliqua Phoebe en détachant les cordes qui retenaient Elena prisonnière. (Il fallait que la jeune femme soit au courant de tout pour pouvoir leur apporter une aide efficace.) Il a pris possession du corps de notre sœur et l'utilise pour retrouver sa force et ses pouvoirs.

Piper attrapa Elena par le menton et l'obligea à la regarder droit dans les yeux.

— Nous sommes des sorcières ! Mais nous ne vous ferons aucun mal — aussi longtemps que vous ne trahirez pas notre confiance !

— Je… je vous le jure, bégaya Elena.

Phoebe s'agenouilla devant elle :

— Nous devons chasser l'esprit de Lascaris qui est en Prue et le renvoyer dans sa prison éternelle. Si jamais vous nous mentez, je jure que nous vous expédierons en prison avec lui.

— Je ne mens pas, se défendit Elena.

— Très bien. Nous allons prononcer à nouveau l'incantation, mais, cette fois, Elena se tiendra au milieu de l'ovale en tenant la carte au-dessus de Prue, comme dans la vision que j'ai eue.

Prue entendit un rugissement, semblable à celui de l'océan qui se déchaîne lors d'une tempête.

Un bruit magnifique.

Puis il diminua. Et quand elle ne l'entendit plus, elle eut envie de pleurer.

Mais son ouïe était revenue ! Et elle perçut le plus doux des sons, celui des voix de ses sœurs, unies dans une même mélopée. Il y avait aussi une troisième personne, qu'elle ne reconnut pas.

Peu importait ! Elles avaient enfin compris qu'elle luttait de toutes ses forces contre l'inconnu qui la possédait.

Il fallait qu'elle les aide. Elles auraient besoin du Pouvoir des Trois, elle le savait.

L'homme avait posé deux bougies noires de chaque côté de l'autel, sur lequel reposait un parchemin. Prue réussit à lire furtivement :

Maléfique tu es, maléfique tu resteras,
Mais pas là où tu infliges le mal, non, pas là !
Le baiser que tu donnes aux autres leur retire la vie.
Le baiser que je te donne, tel un couteau, tranche notre lien.
Mes lèvres sur les tiennes, tel est le remède.
Retourne dans l'émeraude, vivre dans la tour des ténèbres.

Ces paroles sont-elles les siennes — ou bien celles qui peuvent le vaincre ? songea-t-elle en frémissant d'horreur.

Les lettres étaient tracées avec du sang.

Prue se concentra en invoquant ses pouvoirs de télékinésie. Il fallait le faire sombrer dans l'oubli. Rien ! Elle était trop affaiblie. Il avait aspiré ses pouvoirs, tout comme il prenait à présent sa vie. Pouvait-elle aider ses sœurs à le vaincre sans son pouvoir ?

Elle pensa aux mots inscrits sur le parchemin : un baiser lui avait donné vie ; un autre briserait le lien comme un couteau.

Alors elle sut que faire.

La force de ses sœurs se déversa en elle. Elle les entendait désormais. Elle tenta d'aligner les mots, de répéter la mélopée avec elle.

Le murmure était faible, mais elle sentit le chant vibrer au plus profond de sa gorge : « Le Pouvoir des Trois… Épargner les innocents… Affaiblissons… Jamais plus notre ennemi tu ne seras. »

Dès qu'il l'aurait tuée, Lascaris quitterait le monde des ombres. Sa mort le rendrait libre d'évoluer seul. Il n'aurait alors plus besoin d'elle pour détruire ses futures victimes. Elle devait donc l'en empêcher dans ce monde-ci, encerclée par les ténèbres qu'elle partageait désormais avec lui.

Elle le vit prendre le parchemin sur l'autel.

— Et maintenant, faisons un test, railla-t-il.

Il approcha le parchemin de la flamme de la bougie pour le réduire en cendres, puis il essuya ses doigts.

— Mes pouvoirs sont à nouveau à leur maximum ! s'exclama-t-il avec un air de satisfaction. Je n'aurais pas pu détruire cela si ce n'était pas le cas. Tu m'as été d'une aide précieuse. À présent, poursuivit-il, la voix teintée d'une tristesse feinte, il est temps de nous dire adieu. Viens à moi et donne-moi la vie éternelle.

Le cœur de Prue battait à tout rompre. Elle refusait de lui obéir, d'aller où que ce soit avec lui. Pourtant, elle savait qu'elle n'avait pas le choix.

Elle sentit qu'elle s'avançait dans les ténèbres. Au moment où elle atteignit l'autel, du sang se mit à jaillir du sol comme l'eau d'une fontaine.

Elle s'approcha plus près de lui.

— Oui, Prue, fit-il, je t'ai fait venir ici pour le sacrifice final.

Il repoussa en arrière la capuche de son manteau qui avait jusqu'à présent dissimulé son visage.

Son fantôme de minuit.

Il était d'une beauté inimaginable. Un homme que toute femme aurait désiré — et dont elle serait la victime.

Mais ce masque de beauté dissimulait le mal en putréfaction. Et Prue voyait clair en lui, désormais. En réalité, de la chair noircie pendait lamentablement de son visage. La haine et le triomphe luisaient dans ses yeux.

Prue se raidit quand il vint poser ses mains de chaque côté de son visage. Une odeur de pourriture lui monta aux narines.

— Merci, Prue. Merci de me rendre ma vie.

Auparavant, il l'avait toujours embrassée, s'emparant de sa bouche, de sa force et de son pouvoir. Cette fois-ci, Prue savait que c'était à elle d'agir.

Elle sentit toutes ses forces se révolter à cette idée. Mais elle se jeta sur lui malgré tout, pressant ses lèvres contre les siennes, pour un dernier et répugnant baiser.

Piper sentit une énergie jaillir d'elle puis se répandre dans tout le grenier.

Par terre, au milieu du cercle, Prue se tordait de douleur. L'aidaient-elles ou étaient-elles en train de la faire souffrir davantage ?

L'émeraude qui reposait sur la poitrine de Prue se mit à briller et à palpiter comme animée de vie.

La main de Phoebe dans celle de Piper se raidit alors qu'elles formaient toujours un cercle avec Prue. Elena, debout, les dominait, la carte à la tour en main. La peur la rendait livide et elle tremblait, mais elle mettait toute son énergie à lutter contre le mal qui détruisait l'aînée des Halliwell.

Un éclair de lumière éblouissant emplit alors la pièce. Le corps de Prue fut pris de convulsions.

Elle meurt ! pensa Piper. *Elle meurt et nous ne pouvons rien pour la sauver !* Horrifiée, elle vit le sang suinter de chaque pore de la peau de Prue. Piper sentit quelque chose se briser en elle. *On l'a perdue !* Et pourtant, elle continua à réciter, n'osant pas s'arrêter.

Puis une forme tremblotante émergea. Traversant lentement Prue comme si elle n'était qu'une ombre.

Lascaris.

C'était à la fois l'être le plus beau et le plus vil que Piper ait jamais vu. Elle bégaya, perdant presque le fil de la litanie.

Elle lâcha la main de Phoebe, souleva le collier et le porta au-dessus de sa tête, en direction de la créature qui vivait à l'intérieur de sa sœur. Une peur nouvelle et terrible s'empara d'elle quand le démon se transforma pour prendre sa forme réelle : une peau brûlée, des dents noircies, des yeux froids, du sang giclant de sa bouche. Il planait au-dessus d'une Prue inanimée. Piper était sûre qu'il continuait à se nourrir d'elle, lui enlevant la dernière parcelle de vie.

— Tu dois aller en prison ! hurla Piper.

Lascaris se tourna vers elle, plongeant son regard dans le sien. L'écho de son rire se répandit dans le grenier.

— Tu arrives trop tard, dit-il. Je suis puissant. Je suis libre !

CHAPITRE 17

Une implacable rancœur dévastait Prue. Elle l'avait embrassé. Elle avait supporté la puanteur de sa peau en décomposition, la sensation de ses lèvres en putréfaction.

Mais son baiser ne l'avait pas détruit. Il l'avait tout simplement libéré du monde qu'il avait inventé.

Prue sentit un mouvement en elle. Il s'était passé autre chose pendant ce baiser diabolique ! Un pouvoir lui avait été concédé qui n'appartenait à personne d'autre, et il ne s'en était pas aperçu ! Prue avait retrouvé le contrôle.

Ses pensées étaient siennes à nouveau, il ne les parasitait plus. Son corps lui revenait, totalement, complètement.

Il était parti. Le mal qui l'avait habitée était désormais en liberté.

Libre de choisir d'autres victimes.

Elle ne pouvait accepter cela. Jamais.

Il fallait qu'elle regagne ce qui lui appartenait. Lentement, méthodiquement, Prue repoussa les ténèbres. Elle entrevit un petit point lumineux.

Peu à peu, la lumière augmenta, les ombres obscures se mêlèrent à elle, puis disparurent comme si elles n'étaient jamais venues.

Le cercle lumineux s'amplifia et se déploya en éventail. Prue s'aperçut que son champ de vision s'était rétabli. Adieu, les ténèbres. La vie regagnait son corps. En une fraction de seconde, tous ses autres sens s'éveillèrent. Elle sentit le bois du plancher du grenier sous ses pieds. Elle perçut la chaleur des flammes d'une douzaine de bougies qui brûlaient tout près.

Enfin ! Mais son esprit était encore inerte.

C'est alors qu'elle le vit.

— Il s'appelle Lascaris, lui souffla la voix de sa sœur de très loin. C'est un démon.

« Je sais », voulut répondre Prue, mais elle était trop faible.

Elle le distinguait clairement, sous son apparence réelle qui était grotesque. Il planait au-dessus d'elle, avec son visage en putréfaction, ses yeux maléfiques qui se délectaient d'horreur et de destruction.

— Je suis libre, déclara-t-il.

Un rictus faisait ressortir sa morbide dentition verdâtre.

Pas pour longtemps ! se jura Prue en se remémorant les mots inscrits sur le parchemin.

Lascaris se tourna vers Piper, et Prue sentit son cœur se serrer.

— Non, protesta-t-elle d'une toute petite voix.

Lascaris sourit et recourba son doigt, lui faisant signe de venir à lui.

— J'ai besoin de plus de vie. (Il s'approcha de Piper.) Prends mon baiser et réjouis-toi de te le voir octroyer !

Piper étendit les bras pour arrêter le temps.

Le rire de Lascaris résonna et se fracassa contre le plafond.

— Ton pouvoir ne peut rien contre moi !

Prue vit la panique emplir les yeux de Piper tandis qu'il se rapprochait d'elle.

Piper s'agenouilla, elle attrapa le bras de Prue pour essayer de la faire asseoir.

— Prue, nous avons besoin du Pouvoir des Trois. Et tout de suite !

Si seulement elle pouvait s'asseoir, pensa Piper.

Lascaris n'était plus très loin : Prue utilisa son pouvoir afin qu'il ne s'approche pas davantage. En vain.

Elle était encore trop faible pour se lever. Trop faible pour retrouver ses pouvoirs. Mais suffisamment forte pour parler.

Prue lutta encore pour se mettre à genoux. Phoebe et Piper faisaient tout pour l'aider. Était-elle capable de le chasser ?

Je dois essayer, se persuada-t-elle.

Prue aurait voulu dire à ses sœurs de s'enfuir, de sauver leur vie, mais, sans elles, elle n'avait aucune chance de réussir !

Le Pouvoir des Trois.

Le bras d'Elena s'enroula autour de sa taille. Elle réussit enfin à remuer.

Des flammes jaillirent des bagues que Lascaris portait aux doigts, sans réussir à enflammer quoi que ce soit.

— Je suis impressionné, railla-t-il. Après tout, peut-être devrais-je t'embrasser encore une fois !

Prue agita lentement la tête.

— Je ne crois pas.

Elle cherchait sa respiration, ses jambes tremblaient.

Maléfique tu es, maléfique tu resteras,
Mais pas là où tu infliges le mal, non, pas là !
Le baiser que tu donnes aux autres leur retire la vie.
Le baiser que je te donne, tel un couteau, tranche notre lien ici.
Mes lèvres sur les tiennes, tel est le remède.
Retourne dans l'émeraude, vivre dans ta tour des ténèbres.

L'écho du rire satanique de Lascaris se fit de nouveau entendre.

— Tu penses vraiment que tu as du pouvoir sur *moi* ?

Prue sentit l'étreinte de ses sœurs qui lui insufflaient davantage de force.

D'une voix ferme, elle répéta les paroles, ses sœurs se joignirent à elle. Son énergie s'amplifia. Elle recommença encore une fois, la voix d'Elena s'ajoutant à la leur.

À ce moment-là, elle vit qu'Elena tenait entre ses mains la carte de tarot avec les mêmes symboles que ceux dessinés sur la tenue de Lascaris.

La tour noire.

Elle arracha la carte à Elena : c'était elle, Prue, le centre de l'univers qu'il avait créé. En s'emparant d'elle, il lui avait donné le pouvoir exclusif de le détruire. Et quand elle l'avait embrassé, elle avait accepté cette responsabilité. Elle brandit la carte devant elle et entonna à nouveau sa litanie.

— Non ! hurla Lascaris quand il vit la carte. (Il se tordit de douleur.) Vous êtes des imbéciles si vous croyez me renvoyer en prison !

Mais tandis qu'elles récitaient, le Pouvoir des Trois s'affermissait, le soumettant à son impitoyable force.

— Non ! cria-t-il. Ne me renvoyez pas là-bas. Je vous donnerai des dons qui iront au-delà de vos rêves les plus fous ! Vous pouvez devenir mes épouses. Toutes ! Et nous régnerons sur le monde !

— J'ai vu ton monde, rétorqua Prue. Tu peux y rester ! Il me dégoûte.

Elle répéta encore la mélopée en serrant la carte plus fort.

Lascaris mugit quand une lumière verte éblouissante jaillit du collier que Piper tenait entre ses mains. Elle s'enroula autour de lui, tel un linceul.

— Non ! s'écria-t-il encore.

Il s'agita, pris de convulsions.

Prue constata que son énergie se décuplait : elle retrouvait peu à peu son pouvoir. Elle se saisit du collier que tenait Piper et le jeta par terre dans le cercle. Son pouvoir était revenu ; elle repoussa Lascaris jusqu'à ce qu'il rejoigne le magnifique bijou, qu'il y soit totalement emprisonné.

Elle répéta l'incantation une dernière fois.

La lueur verte et brûlante happa la forme contorsionnée de Lascaris — et il disparut à l'intérieur de l'émeraude.

CHAPITRE 18

Piper se hâtait en direction du *Railyard Café* où elle était censée retrouver ses sœurs pour déjeuner. Cela faisait une semaine qu'elles avaient renvoyé l'esprit de Lascaris à l'intérieur de l'émeraude.

C'est étonnant ce qu'une petite formule magique est capable de faire! se félicita-t-elle.

Tous ceux qui avaient été souffrants après le baiser de Prue étaient désormais guéris. Billy était de retour à son poste et inventait de nouveaux et délicieux amuse-gueules. Tout était rentré dans l'ordre.

Elle monta les marches en courant, en rata une et trébucha en poussant un petit gémissement. Avant que ses genoux n'aient touché le sol, deux bras solides la rattrapèrent et la remirent sur pied. Elle leva les yeux et rencontra le visage souriant de Jake. Elle en eut le souffle coupé.

— Qu'est-ce que tu fais ici?

— Des repérages.

Elle se raidit et échappa à son étreinte. Il ne l'avait pas contactée depuis le dernier incident sur la pelouse devant chez elle. Elle avait perdu tout espoir de le revoir.

— Des repérages ? demanda-t-elle.

— Exactement, confirma-t-il avec un grand sourire. Est-ce que tu as une minute ?

Elle montra du doigt la porte du café :

— Je dois retrouver mes sœurs. (Elle s'interrompit. *Qu'est-ce que je suis en train de faire ? Il n'y a aucun démon à tuer pour l'instant. Pour une fois, il n'y a pas d'urgence.*) Bien sûr, j'ai même plusieurs minutes, en réalité.

— Super ! J'aimerais avoir ton opinion à propos de quelque chose.

Il la prit par la main. Elle adora cette sensation. Il la conduisit près du restaurant, où stationnait un wagon rouge transformé en salon. Il la guida vers l'intérieur, franchissant les marches métalliques. Surprise, Piper regarda autour d'elle et vit que les tables étaient mises, mais qu'il n'y avait aucun client.

Il recula dans un coin et l'attira tout près de lui.

Son cœur se mit à battre à toute vitesse. Légèrement tremblante, elle sentit son eau de toilette puis elle regarda les petites rides autour de ses yeux.

— Je dessine des décors pour un nouveau film. Le héros a beaucoup peiné pour se retrouver seul avec l'héroïne, souhaitant… l'embrasser. Il veut l'emmener dîner dans un endroit original. Un peu comme celui-ci.

— Seuls ? Ici ? Impossible ! Cet endroit est toujours plein à craquer.

— Je me suis dit que le héros s'arrangerait avec la patronne afin qu'il n'y ait pas d'autres clients. Ils seraient seuls tous les deux à la lueur des bougies. Penses-tu que l'héroïne trouverait cela romantique ?

— Furieusement romantique, oui !

— Trouverait-elle inconvenant que le héros l'embrasse avant le dîner ?

La gorge sèche, Piper plongea ses yeux dans les siens. Elle y vit le doute papilloter le temps d'un battement de cœur, mais elle y lut surtout de la sincérité.

— L'héroïne adorerait cela.

Son visage s'illumina.

— Bien !

Il approcha sa bouche de la sienne. Piper ferma les yeux, se dressa sur la pointe des pieds et l'enlaça.

Le baiser fut plus fort qu'elle ne s'y attendait. Rempli de chaleur et de tendresse. Elle eut l'impression qu'elle était la seule femme dont il se soit jamais préoccupé. Lorsqu'il se recula, elle était totalement heureuse, la tête dans les étoiles et le souffle court.

— Je passe te chercher à sept heures ce soir, dit-il tranquillement.

— Je serai prête. Je te promets qu'il n'y aura pas d'excuses, pas d'interruptions, ni de disparitions.

— Penses-tu que l'héroïne apprécierait si le héros terminait le rendez-vous par un autre baiser ?

— J'en suis sûre ! affirma-t-elle, souriante. Un beau et long baiser.

— Je n'ai pas vraiment mon mot à dire sur le scénario. Je dessine juste les décors, mais je verrai si on peut prévoir un baiser pour la fin du rendez-vous.

— Je pense que l'héroïne ne serait pas contre le fait que tu termines tes repérages de cette façon ! suggéra-t-elle en faisant un pas dans sa direction.

— Ça me paraît mérité ! Après tout le temps que j'ai attendu ! lâcha-t-il avant de joindre ses lèvres aux siennes.

— C'est quoi, ce petit sourire cachottier que tu nous fais depuis que tu es arrivée ? demanda Phoebe.

— Je suis *tombée* dans les bras de Jake — au sens propre — dehors, il y a quelques minutes. Il m'a embrassée et nous avons rendez-vous ce soir. Et rien, pas même un sorcier ou un démon, ne pourra m'empêcher d'aller à ce rendez-vous ! exulta la jeune femme.

Phoebe secoua la tête.

— Il semblerait que Jake t'ait déjà ensorcelée.

— Phoebe !

Cette dernière s'esclaffa et jeta un œil à l'intérieur du café. Elena était là, drapée dans ses foulards multicolores, tirant les tarots. Un bruit attira l'attention de Phoebe : Prue arrivait. Radieuse, elle semblait en pleine forme.

Elle s'installa en poussant un soupir de contentement.

— Qu'est-ce qui te rend si heureuse ? lui demanda Phoebe.

— Je viens de recevoir des fleurs dans un vase de l'époque victorienne avec un mot adorable de Robert. Je lui ai envoyé un e-mail pour m'excuser d'avoir été aussi impolie quand il était ici.

— On dirait qu'il t'a pardonné ! observa Phoebe.

— Je le pense. Il est reparti à Paris mais il reviendra certainement ce printemps à San Francisco. Il veut m'inviter à déjeuner.

— C'est merveilleux ! s'exclama Piper.

Prue se pencha en avant.

— Mais je vous l'ai promis, j'attendrai un peu avant de l'embrasser, lui, ou qui que ce soit, d'ailleurs !

Phoebe et Piper éclatèrent de rire.

— Ouais, ouais. On a déjà entendu ça quelque part !

— Je me demande s'il a eu le collier de Claiborne, dit Prue.

— Aussitôt l'esprit de Lascaris capturé, Phoebe et moi avons remis le collier en place en figeant à nouveau le temps, ajouta Piper.

— Claiborne n'a jamais remarqué son absence ? s'enquit Prue.

— Non. Nous l'avons remis exactement là où nous l'avions trouvé, précisa Piper.

— Es-tu certaine de vouloir sortir avec Robert ? demanda Phoebe en fronçant les sourcils. Est-ce bien prudent maintenant qu'il a acquis le collier ?

— Pas de problème. Lascaris est enfermé pour les cent prochaines années. Et puis, je suis persuadée que Robert ne se doute pas que son émeraude est en fait la prison d'un démon, affirma Prue.

— Espérons-le ! soupira Phoebe.

Prue avala une gorgée d'eau.

— Pour lui, il ne s'agit que d'un collier du XVIIe siècle, agrémenté d'une émeraude de grande valeur. C'est un antiquaire, un amateur d'art, Phoebe. Tout comme moi !

— Oui, mais toi, tu es aussi une sorcière ! objecta Phoebe.

— Exact ! approuva Prue.

— Excusez-moi, mesdemoiselles, s'exclama alors Elena en souriant. Voulez-vous que je vous dise votre avenir ?

Prue consulta ses sœurs du regard, puis se tourna vers Elena.

— Euh, non, merci !

La diseuse de bonne aventure s'éloigna.

— Cette formule magique pour effacer les souvenirs a drôlement bien fonctionné ! se félicita Phoebe. Elle n'a aucune idée de qui nous sommes !

— Ne changeons rien, suggéra Prue. Ses prédictions étaient un peu trop exactes à mon goût.

— Oui, approuva Piper en pensant à Jake. Sauf que moi je l'ai remarqué avec un peu de retard.

— Hé ! Attendez voir ! ajouta Phoebe, se remémorant soudain ce qu'Elena lui avait prédit. Je n'ai jamais gagné d'argent, elle me l'avait promis !

Quelque chose de brillant par terre attira son attention. Phoebe se baissa puis sourit triomphalement en brandissant devant ses sœurs une étincelante pièce de vingt-cinq cents flambant neuve.

— Eh bien, sait-on jamais…